팔영산 야인
코로나19 고군분투기

팔영산 야인 코로나19 고군분투기

발행일	2023년 1월 11일		

지은이	김영주		
펴낸이	손형국		
펴낸곳	(주)북랩		
편집인	선일영	편집	정두철, 배진용, 김현아, 윤용민, 김가람, 김부경
디자인	이현수, 김민하, 김영주, 안유경, 최성경	제작	박기성, 황동현, 구성우, 권태련
마케팅	김회란, 박진관		
출판등록	2004. 12. 1(제2012-000051호)		
주소	서울특별시 금천구 가산디지털 1로 168, 우림라이온스밸리 B동 B113~114호, C동 B101호		
홈페이지	www.book.co.kr		
전화번호	(02)2026-5777	팩스	(02)3159-9637

ISBN	979-11-6836-667-1 03810 (종이책)		979-11-6836-668-8 05810 (전자책)

(주)북랩 성공출판의 파트너

북랩 홈페이지와 패밀리 사이트에서 다양한 출판 솔루션을 만나 보세요!

홈페이지 book.co.kr • **블로그** blog.naver.com/essaybook • **출판문의** book@book.co.kr

---

작가 연락처 문의 ▶ ask.book.co.kr

작가 연락처는 개인정보이므로 북랩에서 알려드릴 수 없습니다.

팔영산 야인

코로나19
고군분투기

김영주 지음

북랩

서문

 남도 팔영산 자락 성지골, 발길조차 불허했다. 빈틈없이 문명을 거부한 개척지에 짐을 풀었다. 당찬 각오로 짐을 풀었지만 녹록지 않았다. 당도하자마자 길이 막히고 언로가 막혔다.

 그뿐인가? 유사 이래, 세상천지에 듣도 보도 못한, 손으로 만질 수도, 눈으로 볼 수도 없는 괴물, 코로나19를 만났다. 일각에서는 지구의 종말이 온다며 세상을 뒤흔들었다. 도처에서 사람들은 갑작스러운 위기 앞에 몸둘 바를 몰랐다. 화들짝 놀라 비상을 걸었고 사활을 건 방역, 백신 투여에 온 힘을 다했다.

 한편, 가짜정보에 우왕좌왕하며 어찌할 바를 몰랐다. 어떤 이들은 유명을 달리했고, 부모 자식, 형제자매들이 헤어지는 아픔을 겪었다. 하지만 사람들은 몇 번의 큰 고비 끝에 평정심을 되찾았고 전열을 가다듬어 의연히 대처했다. 고비고비마다 슬기롭게 잘 넘길 수 있었다.

지금도 코로나19 확진자들이 몇만 명대로, 그 어간을 왔다 갔다 한다. 그런데도 이젠 만성이 되었는지 백안시하고 있다. 아직까진 느슨해진 마음들을 추스르고 방역에 힘을 기울일 때이다. 설왕설 래, 끝나지 않은 전쟁이다.

나에게도 몇 번의 위기는 있었다. 코밑, 마을까지 침투한 코로나 19였지만, 그 와중에도 견딜 수 있었던 것은 모든 것을 내려놓고 때마침 피난지며 은둔의 땅, 성지골이 있었기 때문이다. 번잡스러 운 세상 속에서 살았다면 아찔하다. 무슨 변고라도 당했을지 아무 도 모를 일이다.

조용한 성지골은 글을 쓰기엔 안성맞춤인 곳이다. 그야말로 거 룩하고 거룩한 성스러운 땅, 글의 성지, 성지골이다. 남도 팔영산 자락 성지골에서 코로나19를 견뎠고, 그리고 이 글이 태동되었다. 귀를 막고 눈을 감아도 들려오는 소문은 나를 움직였고, 미친 듯 이 글을 썼다. 마치 신들린 과객처럼 펜을 휘둘렀다. 어쩔 수 없었다. 번잡한 세상과 등지고, 동떨어진 조용한 곳으로 왔기에 가능했다. 미처 헤아리지 못한 하나님의 깊은 뜻이 있었다. 처음에는 몰랐다. 감사한 일이다.

코로나19 시작부터 지금까지 있어온 일들을 그때그때 기록한 것을 61편에 담았다. 무지막지한 코로나19의 면면들뿐만 아니라 때로는 감히 넘볼 수 없는 세상! 뒤틀린 세상! 돌같이, 바위같이 단단한 세상을 뼈 있는, 비수처럼 날카로운 정으로 시나브로 톡톡 쪼아 댔다. 대자연 속에 깊숙이 묻혀 있던 보석 같은 애틋한 가족 사랑, 이웃 사랑, 나라 사랑들을 들추어냈다. 하나둘 주섬주섬 글을 모아 『팔영산 야인 코로나19 고군분투기』라는 그릇에 담았다. 이런저런 그 면면들을 세상에 내어놓는다. 나름 커다란 용기를 내었다.

이만한 것도 나에게는 과분한 일이다. 어느 것 하나 내세울 것도 없고, 보잘것도 없는 야인이지만, 그나마 짧은 혜안으로 글을 쓸 수 있었던 것은 순전히 하나님의 은혜이다. 코로나19가 횡행하는 이 마당에도 음으로 양으로, 물심양면으로, 기도로 함께해 주신 여러분의 덕분이다.

먼저는 하나님께! 코로나19로 말미암아 유명을 달리한 분들! 고군분투, 지쳐 있을 의료 종사자분들! 가족을 떠나보내고 슬픔에 잠겨 있을 남은 분들! 이 순간에도 고난을 겪고 있는 확진자분들!

여러모로 도움 주신 모든 분들! 장남마을 주민, 문학동인 여러분!
이미 소천하신 아버지, 어머니! 곁에서 묵묵히 응원해준 형제자매,
가족! 나의 반쪽 순옥 씨에게 이 책을 바칩니다.

코로나19 빠른 종식을 소망하면서
임인년 2022년 11월, 겨울의 초입
남도 팔영산자락 성지골에서
작가 김영주

목차

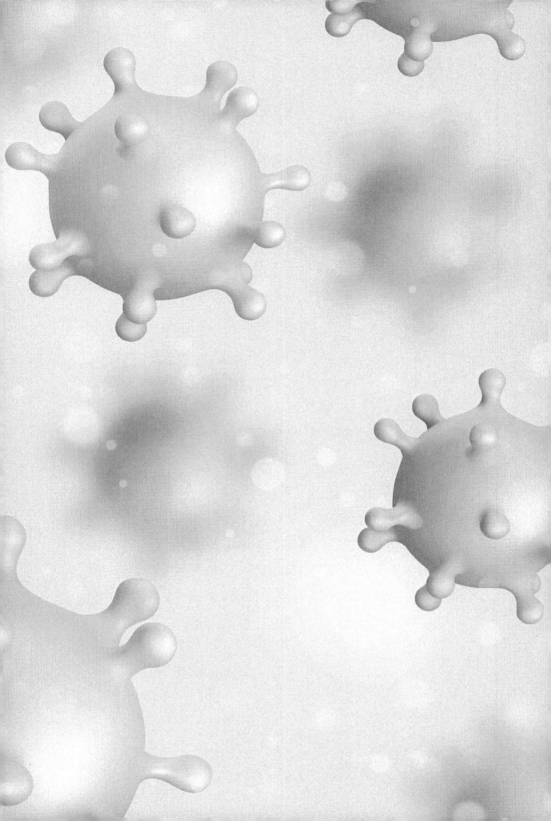

신종 코로나바이러스, 웬 센 놈이

세상만사에 웬 센 놈이 짠하고 보란 듯이 나타났지요. 금시초문 듣도 보도 못한, 이름하여 신종 코로나바이러스라네요. 의기양양 개선장군처럼 새로운 등판에 세계만방이 화들짝 아수라장으로 난리 났지요. 세상은 어찌할 바를 모르고 안절부절못하지요. 백주대낮에 현대판 호환마마, 웬 무서운 놈이 나타났으니 어찌하면 좋으랴!

숨죽여 눈을 들어 허공을 바라보지만, 신출귀몰, 총성 없는 전쟁이 시작되었지요. 눈이 없는 칼날 앞에 무참히도 짓밟혀 쓰러지며 죽을 사람 알아서 어서어서 나오라지요. 기고만장 거들먹거리며 날뛰는 자들, 내가 내라고 갑질하는 사람들 말이지요. 어찌하나요? 싸맬 대로 칭칭 싸매고 동이고 두문불출 근신하며 꼭꼭 숨어야지요. 머리카락조차 보이지 않도록 돌돌 싸매야지요.

이곳저곳 기웃기웃 남의 규방 넘보지 마라!

담 너머 살짝살짝 남의 곳간이나 넘보지 마라!

길길이 날뛰지 말고 옥체 보전하자!

기회에 코가 닳도록 머리를 숙이고 자숙하며 근신하자!

많고 많은 사람 중에 하필이면, 내가 왜라는 절규는 하지를 말아야지요. 코로나19는 오리무중으로 눈 씻고도 볼 수 없으니 답답하고 답답하지만 어찌하나요. 이 기회에 거들먹거리며 내 것만 내 것이라는 꼴불견 욕심을 버려야지요. 어이타 약자를 섬기고 나누지 못한 죄, 눈물 뿌려 참회를 해야지요. 하늘이 알고 땅이 알지요. 아수라장 어지럽히고 더럽힌 죄, 어이할거나? 지성이면 감천이라고 바싹 엎드리자!

세월이 하 수상하다고 인생사 큰소리칠 이유 없지요. 사람은 허약하고 허약한 나약한 존재임을 인정하고 뒤돌아보며 눈물로 석고대죄, 바싹 엎드리고 나 죽었소! 하고 자숙해야지요. 언제 어느 때에 끌려갈지 모르니까요.

오랏줄에 꽁꽁 묶여 갈 수는 없잖아요. 홀로 황천길을 갈 수는 없지요. 때가 되면 피하려야 피할 수 없는 길, 언젠가는 가야 할 길이지만요. 그래도 소망을 가져요. 제아무리 세다 한들 백신 앞에 조족지혈, 새 발의 피지요. 어서어서 일심으로 힘을 모아 백신 개발, 백신으로 완전무장해 보란 듯이 물리쳐야지요. 참고 견디어 끝끝내 승리해야지요.

툴툴 털고 멋지게 승리하자!
뽀대 있게 승리하자!

200311

어서어서 썩썩 물러가라!

　세계만방, 전국 방방곡곡, 춘삼월 봄이 오는 호시절에 고을고을 아름다운 산천을 흔들고 뒤흔들어서, 들려오는 낭보와 비보에 기절초풍 혼쭐이 나지요. 인간은 갈바람에도 떨어지는 추풍낙엽으로, 만물의 영장이라는 인간들을 무색하게 하는 악명 높은 코로나 19이지요. 작디작은 미물 앞에 엎드러지는 하잘것없는 것이 인간이지요. 아! 무상타, 인간들이여!

　네 이놈 정체를 밝혀라!
　마른하늘에 날벼락도 유분수지,
　고향이 어디이며 사는 곳이 어드메야?
　무얼 하는 무슨 놈이기에 악하고 악한 것이냐?
　더러운 사탄의 사주라도 받은 게냐?
　혹여나 악당의 특명을 받기라도 한 것이냐?
　그 어느 누구의 사주냐?

하늘의 분부라도 받은 것이냐?

어이할거나 한껏 작아진 인간들이여! 육안으로는 식별 불가하니 신출귀몰, 사방팔방 들쑥날쑥, 갈팡질팡하는 인간들이여! 못된 죄악상을 인정하라! 자연 앞에 겸손하자!

코로나19보다 한없이 약한 존재임을 자각하라! 막상 끌려가 당하고 보면 인생은 겁쟁이라는 사실이지요. 말 못하는 작은 미물에 속수무책 당할 수만은 없지 않은가? 이 못난 애석한 인간들은 내로남불 서로서로 네 탓 남 탓만 하고 있지요. 그 누가 누구를 탓하리오. 종두득두種豆得豆, 심은 대로 거둔다는 평범한 진리, 원인 없는 결과는 없듯이, 천방지축 자연을 거스르고 인간 냄새도 안 나는, 잘잘못은 아닐는지요?

코로나19 썩 물러가라! 만물의 영장 고등 인간을 누가 누구를 감히 얕잡아 보고, 팽이 돌리듯이 이리저리 때리지 마라! 안하무인 함부로 날뛰는 코로나19, 피로써 반드시 갚으리라! 너의 못된 행위를 심판하리라! 태초 역사 이래 인간은 자연의 분신으로 감히 누가 누구를 해하리요. 생사여탈 지엄하신 하늘이 무섭지도 아니하냐? 코로나19 눈물로 참회하라! 악하고 악한 인간을 능멸한 죄! 추잡한 죄악 된 모든 일들을, 난들 넌들 그 누가 알 수 있으랴! 혹여 사하여 줄는지 어찌 알겠느냐?

게 섰거라! 물러가거라! 몽둥이찜질에 주리를 틀기 전에, 날카로운 철퇴를 가하기 전에 썩썩 물러가거라! 하루빨리 지체 말고 썩 물러가거라! 활활 타오르는 유황불에 냅다 던지기 전에 물러가거라! 어서어서!

200531

가정의 달 오월을 보내면서

계절이 바뀌고 녹음 방초가 우거지는, 새와 나무들이 벌과 나비와 꽃들이 어우러져 사랑을 나누는, 불같이 뜨거운 장미의 계절 여름, 가정의 달 오월인데도 코로나19는 호환마마처럼 물러설 기미가 없지요. 망설이지 않고 거침없이 달려들지요.

닭살 부부가 각방이지요. 떨어져서는 죽고 못 산다는 둘 사이에 버젓이 비집고 끼어들어 난장판 깽판을 치지요. 식사도 개개인 각자 덜어서 한 접시에 담아 먹는 뷔페식이지요. 이렇게 굳어질까 봐 오싹 소름이 돋지요.

코로나19.
인정머리 없이 부부도 갈라놓았다.
살맛과 입맛이 없도록 갈라놓았다.

가족, 일가친척, 친구, 직장, 사회하며 나라와 나라, 대륙과 대륙,

세계 인류, 개개인 사이사이, 빈틈없이 끼어들었지요. 은밀하고도 은밀한, 은막의 뒤편 깊숙한 곳까지 얄밉게 요리조리 파고들어, 밥맛없는 코로나19 밉상이지요. 꼴불견 추잡하게 놀아나지요.

밤마다 네온사인이 불야성으로 휘황찬란하게 유혹한다고 저 죽을 줄 모르는 불나방처럼 함부로 덤벼들지 말아야지요. 한 번뿐인 고귀한 생명 위태롭다. 주어진 생명, 주어진 날 수는 채우고 가야지? 함부로 괜찮겠지, 하지를 마라! 눈앞이 황천길이지요.

애꿎은 남들까지 피해 줄라! 사랑하는 가족까지 자신은 물론이지요. 불면 날아가고 던지면 깨어지는 보잘것없는 존재가 인간이지요. 허랑방탕 방심 말고 한발 한발 조심조심, 자숙하고 근신하며 조심해야지요. 인간은 깨어지는 질그릇처럼 약하지요. 약한 존재인 피조물이지요. 눈에 보이지 않는 작은 바이러스에 무릎을 꿇고 황급히 생을 마감하다니 애석하고 애석하도다.

내가 내라고 우쭐대지 말아야지요. 코로나19의 밥이 되지 말란 법 없으니 비명횡사 웬 말인가요? 조롱 섞인 비아냥에 그냥저냥 속수무책, 살맛 없다고 입맛 없다고 죽을 수는 없지요. 힘을 다하여 지킬 것은 지켜야지요.

자족, 절제, 사랑, 인내하며 전심전력으로 싸워 승리하자!
문제는 삶이다.

200606

재난지원금, 원님 덕에 나팔을

　모처럼 읍내에 나들이를 갔지요. 육십 평생에 이렇게 살맛이 났지요. 난들 미처 알았으랴? 그도 그럴 것이 코로나19 재난지원금을 받았으니, 모처럼 들뜬 마음에 신이 났지요. 마침 용돈을 받아든, 천방지축 철없는 어린아이마냥 신이 났지요. 야속하게도 얄미운 코로나19 전염병 때문에 지자체와 나라에서 재난지원금을 주었지요. 어려워진 팍팍한 뒤웅박 같은 살림살이, 나라 경제 지역 경제를 위해, 감지덕지 구멍 뚫린 빈 지갑을 채워 주었으니 감사한 일이지요. 오늘만 같았으면 좋으련만, 그래도 코로나19와 같은 재난은 두 번 다시는 없어야겠지요.

　오랜만에 모처럼 아내와 난 머리를 맞대고 속닥속닥 이리저리 한참 궁리 끝에 모처럼 바람도 쐴 겸 읍내에 나갔지요. 각박한 세상과 담을 쌓고 두문불출 조용히 은둔, 초야에 묻혀 있던 차에 어린아이마냥 신이 났지요. 켜켜이 쌓여 있던 시름을 내려놓고 심기일전 새로이 힘을 내어 보았지요.

떡 본 김에 제사를 지낸다고 차일피일, 이제까지 이것저것 미루어 왔던, 아내는 지글지글 뽀글뽀글 아줌마표 파마머리, 난 뒷머리를 깔끔하고 날렵하게 상고머리를, 오늘만큼은 새신랑 새신부가 따로 없지요. 신행을 떠나는 신혼부부처럼 신이 났지요.

모처럼 서점에도 들려, 따끈따끈한 최신판 베스트셀러 가슴에 안고 나름 독서광처럼, 무슨 큰 글쟁이가 된 양, 마음만은 날아갈 듯 꿈인지 생시인지, 얼마 만인지 감사할 따름이지요. 모처럼 책을 세 권이나 샀지요. 시원한 산록에서 뒹굴뒹굴 이리 뒤척 저리 뒤척, 이슬을 머금고 살아 있는 생명이 역동하는 은둔의 땅에서 자연을 벗 삼아, 마음에 양식인 독서 삼매경에, 살맛이 나도록 푹 빠져 보기로 하였지요. 때마침 코로나19 시대, 눈치코치 개의치 않고 즐겁고 즐겁게 살아볼까 하네요. 누가 뭐라 해도 개의치 않고 말이지요.

몇 번의 이사 끝에 간소하게, 간결하게 이리저리 휘돌아 팔영산 자락 예까지 왔지요. 단봇짐을 풀고 미루고 미루어 놓았던, 아쉽지만 참고 지내야만 했던 급한 세간살이들을 주섬주섬, 이것저것 챙기던 아내의 입가에는 활짝 웃음꽃이 피었지요. 덩달아 웃음꽃이 피었지요.

모처럼 잔칫집마냥 이것저것 먹거리들, 쇠고기도 두세 근, 달고 맛있다는 수박도 샀으니 오랜만에 저녁 밥상에는 웃음꽃이 활짝 피었지요. 뭐니 뭐니 해도 어려운 이 난국에 그나마 국가에서 살 만하도록 훈훈한 소망을 주니 눈물겹도록 감사한 일이지요. 초근

목피 보릿고개 넘나들던 옛 시절 같았으면, 어림 반 푼어치도 없으련만, 육십 평생 사노라니 이런 날도 있네요. 머리를 조아리며 황송하게도 감사할 따름이지요.

이참에 아주 엄밀히 말하자면 코로나19 재난 때문에 지자체와 나라 덕분에, 부지런한 국민들 덕분에, 아니 여러분들 덕분에 모처럼 즐겁게 보냈지요. 즐거운 읍내 나들이를 보낸 셈이지요. 아내와 난 원님 덕에 나팔을 불었지요.

애국애민!
부지런히 일해야겠지요.
세금을 많이 내야겠지요.
나라 경제 앞장을 서야겠지요.
이웃을 사랑해야겠지요.

물심양면 애쓰신 모든 분들께!
침이 마르도록 감사 또 감사해야겠지요.
손바닥이 아프고 닳도록 아낌없는 박수를 보내야겠지요.

얼씨구나! 좋을시고
우리나라 좋을시고
만세! 만세! 만만세! 대한민국 만만세!
영원무궁하리라!

유비무환, 설마가 사람 잡는다

남쪽 남쪽으로 들려 오는 소문을 가만히 보고 듣자 하니, 세계 만방 전국 방방곡곡 고을고을 또다시 난리가 났지요. 동네방네 너나 나나 누구랄 것도 없지요. 절제하여야 할 이 마당에 마장에 매어둔 망아지처럼 길길이 날뛴다는 소문이지요. 코로나19는 한 발 한 발 숨통을 옥죄어 오는데도 후안무치, 내가 내라는 몇몇 작자들, 전국에서 모여든 낭인들이 광화문 네거리에서 얼토당토않은, 말도 말 같지 않은 맞짱을 뜬다지요.

성난 코로나19는 종기마냥 부풀어 올라 씩씩거리며 도무지 물러설 기미가 없지요. 확전으로 전국 방방곡곡 구석구석까지 파고들었지요. 우린 어찌하나요. 어째 이런 일이 있단 말인가요? 감당키 어려운 무시무시한 일이지요.

나 하나쯤이야 괜찮겠지, 괜찮지, 방심하며 코로나19 가짜뉴스에 편승하여 방역에 버젓이 반기를 들고 오리발로 핏대를 세워 공들인 탑을 무너뜨리고 우르르 쏘다니다가 큰코다치지요. 누구를 위한 야단법석인가요? 코로나19는 거들떠보지도, 아랑곳하지도 않네요.

그나저나 하나뿐인 생명을 코로나19에게 반납해서야 되겠어요? 벌집 쑤시듯 들쑤신 사람들은 얼토당토않고 시답잖게 여기는, 설마라는 덫에 걸려, 생명이 걸린 중대한 방역을 그르치고, 자신은 물론 가족과 타인의 하나뿐인 생명까지 위태롭게 하지요. 땅을 치며 평생 후회한들 무슨 소용이 있겠어요. 일평생을 두고 조심할 것은 설마이지요.

바다 건너 어떤 이는 나는 괜찮겠지, 설마 설마 하다가 남들에게 사회와 국가에 피해를 주었다지요. 일가친척들, 미처 피지도 못한 손녀 손자들까지 스물여덟 명이나 코로나19에 희생되었다니 돌이킬 수 없는 애석한 일이지요.

설마 나는 괜찮겠지, 설마 설마가 사람 잡는다.
까딱 잘못하면 자신은 물론 남들까지도 피해를 준다.

나는, 우리 부모는, 우리 형제는, 우리 가정은, 우리 이웃은, 우리 모임은, 우리 회사는, 우리 종교는, 우리 사회는, 우리 국가는, 우리 민족은 설마 괜찮겠지라는 안일한 생각으로 화를 키우지요. 설마 설마 그럴까요? 과연 그럴까요? 아서라! 누구 맘대로, 세상사 알다가도 모를 일이지요.

하늘을 얕보지 마라!
코로나19 얕보지 마라!
무서운 줄 모르고 호기 객기 부리지 마라!
우습게 보다가 큰코다친다.
사람은 사람일 뿐이다.
하늘일 수 없다.

설마가 사람을 잡는다. 불특정 다수, 특히 사랑하는 사람들 말이다. 이런 때일수록 자문자답, 자숙하고 내일을 바라보며 새로운 탄탄대로 열린 미래를 위해, 우리가 사는 이 땅 이 공동체를 위해, 측은지심으로 서로서로 아낌없는 사랑으로 참고 견디며, 답답한 입마개를 벗어 던지는 그날까지, 조심 또 조심해야지요. 자나 깨나 앉으나 서나 조심해야지요.

유비무환 코로나19 박멸을 위해 심혈을 기울여 백신이라는 비밀병기를 갖추고 진일보한 체제 전환으로 맞춤형 방역에 미리미리 준비하고 꺼진 불도 다시 보자는 마음으로 뿌리까지 발본색원 힘을 쏟아야겠지요. 일심으로 사력을 다해 코로나19 퇴치해야지요. 유비무환으로 자신은 물론 이웃과 종교와 사회, 국가와 민족을 지켜야 하지요. 총성 없는 전쟁, 언제 종식될는지는 모를 일이지만 기필코 끝끝내 싸워 승리해야지요.

설마 설마 방심은 금물이다.

설마 설마가 사람 잡는다.

설마 괜찮겠지라는 안일한 생각을 버리자!

200922

이 세월을 어찌하나요?

하늘이시여!

어찌, 어찌하나요?

코로나19가 창궐하는 악하고 험악한 이 세월을,

이 백성들의 한숨 소리,

탄식 소리가 들리시지 아니한가요?

더는 버틸 기력조차 힘조차 없어요.

이 백성들을 이 세월을 어찌하나요.

하늘이시여!

긍휼과 자비를 베풀어 주소서!

이 백성들의 탄식 소리를 잠재우소서!

더는 외면하지 마소서!

눈을 감지 마소서!

하늘이시여!
보소서! 코로나19 이 형편을,
고을고을 하나둘 속절없이 쓰러지고,
우시장으로 팔려 가는 송아지의 울음처럼
어미아비, 처자식을 잃은,
목 놓아 우는 저 소리 들리나요.
애절한 깊은 탄식 소리가 들리나요.
죽으라면 죽으리다.
일사각오로 덤벼들 보지만,
인간의 힘으로는 도저히 이길 수가 없군요.
희망이 없군요.

하늘이시여!
당신의 힘을 보여 주소서!
당신은 절대자요, 주재자시니,
감히 어느 누가 당신을 대적하리요.
당신은 사랑이십니다.
우주 만물의 본체이십니다.
그러기에 코로나19의 만행 송두리째,
종식을 두 손 모아 비나이다.
몸과 맘 정성을 다하여 비나이다.

하늘이시여!
당신은 능치 못하심이 없습니다.
우릴 죄악에서 코로나19에서 구원하소서!
건지소서!

하늘이시여!
이 백성의 잘못을 용서하소서!
당신을 신뢰하지 않는 죄, 의지하지 않는 죄,
경외하지 않는 죄, 순종하지 않는 죄, 사랑하지 않는 죄!
당신을 멸시한 죄, 대적한 죄, 거역한 죄!
이웃을 능멸한 죄, 사랑하지 않는 죄,
더불어 함께하지 않는 죄,
시기 질투로 미워한 죄, 이웃의 재물을 탐한 죄!
온갖 죄악된 욕심들을 곁에 둔 죄,
당신보다는, 사람보다는, 돈을 더 섬긴 죄,
돈을 더욱 사랑한 죄!

하늘이시여!
당신은 이 백성들의 주인이 되십니다.
용서하소서!
온전히 극복하게 하소서!
코로나19에서 승리하게 하소서!

하늘이시여!
궁휼과 자비를 베풀어 주소서!
하늘이시여!

사람이 살고 볼 판인데

어쩌란 말인가? 사람이 살고 볼 판인데, 소나기는 피하고 보자는데, 소 뼈다귀 울고 먹듯 하필 한글 창제 기쁜 날에 무슨 변고인가요? 하늘이 춤을 추고, 땅이 춤을 추고, 백성이 춤을 추던 문맹이 깨어지던 날! 한글날에 광화문 네거리, 세종대왕 앞에서 하는 짓이 고작, 뭐라 하시겠는가?

코로나19 시대에 굳이 소란을 피워야 하겠는가? 무슨 억하심정으로 야단법석, 오두방정들인지 징글징글 씹고 씹어 물리지도 아니하나요? 그리할 수가 있나요? 어찌 그리도 애간장을 태우나요. 코로나19는 호시탐탐 순간순간 삼킬 자를 찾는데, 그리 속세를 떠나고 싶단 말인가요? 아님 하직이라도 하겠다는 말인가요? 목숨 걸일호의 가치라도 있고 없고를 떠나 나대지 말고 설치지는 말아야하지요. 우리 모두 살고는 보아야지요.

개똥밭에 굴러도 이승이 낫다지요. 뭐니 뭐니 해도 살아 있음이 감사요. 축복이요. 행복이지요. 할 말 다 하고 싶다고 다하고 살

수는 없지요. 참고 묵묵히 지내노라면 쥐구멍에도 볕들 날이 있지요. 그럭저럭 한세상, 좋은 세월이 오겠지요. 참아요. 묵묵히, 코로나19는 피하고 보아야지요. 코로나19는 이때나 저 때나 절호의 기회만을 노리고 있는데, 사람 목숨을 옛다 여기 있소! 하고 바칠 수는 없잖아요. 그러기엔 너무 억울하지 아니한가요? 하늘이 섭리하고 점지한 단 한 번뿐인 고귀한 생명을 엿 바꾸어 먹듯이 그리할 수는 없지요.

하나님이 주신 생명을 소홀히 여기지 말아요.
제 생명 귀하면 남의 생명도 귀히 여겨야 하지요.
아니 되오!
생명만은 아니 되오!

인생은 왔다 가는 것, 막다른 외길 인생이라고 말들 하지요. 갈 곳은 한 곳이라는데, 쉬엄쉬엄 생각하고 또 생각하고 생각해야지요. 겨레와 나라를 위하여 자신을 위해 살아내야지요. 여즉 참고 살아온 세월인데, 코로나19 때문에, 때가 때인 만큼, 밥이 되나 죽이 되나 진득이 참고 지켜보아요. 기다려 보아요. 듬직하게 조갑증에 목숨 걸고 열불 내지 말고 아직 갈 길은 멀고도 멀어요. 너그럽게 용서를 우리 모두 용서해요.

이보시게들!
북풍한설 추운 겨울이 지나면 줄줄이 꽃피고,
새들이 지저귀는 춘삼월이,
만물이 소생하는 봄이 오듯, 묵묵히 참고 기다리세나!
소망을 가져 보세나!
곧 대동 세상이 올 걸세!

201114

3차 대유행 다시 시작되나?

    팬데믹, 언택트, 대유행, 비대면, 거리두기, 생소한 글자 단어들이 줄줄이 하나하나 소환되고, 조심조심 그렇게도 조심조심하라고 목이 터져라! 하늘 높이 외치건만 코로나19 별것 아니라는, 나만은 괜찮겠지 하는 자만심이 후회막급 화를 부르지요.

    세계를 들쑤셔 들불처럼 번져가는 3차 대유행, 코로나19지요. 이만하면 순순히 물러날 법도 하지만, 만물의 영장, 내가 내라는 인간들이 정신 차렸을 법도 하지만, 아직도 정신줄 놓았는지? 이젠 말세라더니 세월이 무색하지요.

    국내 하루 이백 명씩, 미국에만 십오만 명씩, 남미, 구라파, 오대양 육대주, 구석구석 벌집 쑤시듯이 헤집어 놓고 보란 듯이 종횡무진 닥치는 대로 달려드는 코로나19지요. 지칠 줄을 모르고 어찌 이런 일이 있을까요. 백신만이 능사인가요? 걸맞는 처신을, 자중들 해야겠지요.

    코로나19를 고사시킬 백신 완성을 목전에 두었다고, 견디어 보라고, 급한 마음에 콩 볶듯 서둘러 보지만 대략 난감이지요. 달그락 달그락 부글부글 끓어오르는 저들을 무엇으로 제압을 하나요. 두문불출이 상책이라 하겠지만 이럴 수도 저럴 수도 이를 어쩌나요.

본분을 망각한 인간들이여!
총성 없는 다급한 전쟁에 내몰린 인간들이여!
깨어나라! 인생은 희로애락, 생로병사, 돌아갈 본향이 있지요.
이 땅에 지음받은 피조물은 본분을 잊지 말아야지요.
그를 경외하고 명령을 지키는, 즉 사랑하는 것이지요.
피조물을 사랑하는 것이 그를 사랑하는 것이지요.
그를 사랑하는 것이 피조물을 사랑하는 것이지요.
대적하지 마라! 지엄하신 하늘을.

저만 살겠다고 욕심으로 바벨탑을 쌓고, 하늘 무서운 줄 모르지요. 찌를 듯 삿대질에 팔뚝질로 시건방을 떨며 감히 이기겠다고 객기를, 오기를 부리는, 어찌 만만한 콩떡인가요? 가졌다고, 힘 있다고 알량하게 갑질인가요? 일인은 만인을 위해 만인은 일인을 위해 조심들 하세요. 숨죽인 빈자의 원성이 하늘에 다다르기 전에 무릎을 꿇고 낮추세요. 너나없이 낮추세요.

모든 피조물은 언제나 때가 있는 법, 날 때가 있으면 죽을 때가, 심을 때가 있으면 거둘 때가 있지요. 석고대죄 나 죽었소! 바짝 엎드려서 자나 깨나 무시로 빌어 보아요. 때가 때인지라 때를 놓치면 돌이킬 수 없으니, 이미 엎질러진 물이라지만 애걸복걸 소리라도 질러 보아요. 장끼 까투리처럼 머리를 처박고 꼬리는 하늘로 나 죽었소! 하고 죽은 척 숨죽이고, 몸뚱이는 고사하고 잔꾀 부리는 머리라도 감추어요.

공손히 두 손 모으고 죽은 시늉이라도 해야 하지요. 뱀 대가리 쳐들듯이 알량한 머리를 쳐들고 하늘이 만만한 장기판 졸로 보이나요? 이웃에게, 인간에게 대하는 것이 다름 아닌 곧 하늘을 대하는 것이지요. 하늘을 사랑하는 것이지요. 하늘의 뜻이자 본분이지요.

미련하고 미련한 것이 인간이지요. 대략 난감이지요. 지금이라도 개과천선 하늘 높은 줄 알고 두 발 두 손 싹싹 빌고 참회를, 혹여 우리의 죄를 사하여 줄는지 모를 일이지요. 코로나19 물리쳐 줄는지, 그 누가 어찌 알겠어요?

유비무환 미리미리 대비하고 준비하자!
자만심을 버리고 비대면으로 대유행 코로나19 박살 내요.
보기 좋게 힘을 합해 이겨 봐요.

201129

3차 대유행 시작이다

또 오백 명대이다. 금수강산 전국을 이 잡듯 들쑤시니, 자고이래 난리도 이런 난리가 있나요. 듣도 보도 못한 백주대낮에 홍두깨가 따로 없지요. 이런 행패를 부리다니 몹쓸 코로나19를 끊어내야지요.

잠시 엎드려 있던 코로나19가 서서히 두 팔 벌려 쭉쭉 기지개를 켜고 전쟁 재개, 느닷없이 한 방! 선전포고를 하네요. 전국 방방곡곡 여기저기 푸푸 가쁜 숨소리만, 무슨 심보로, 우라질 것이 또다시 활개를 치는지요.

턱 밑까지 조여 오는, 다시 고개를 드는 코로나19지요. 어찌하면 좋단 말인가요? 엎어치기 한판승으로 결판이라도 난다면, 이도 저도 더없이 좋으련만 어쩌다 조마조마 새가슴으로 애만 태우다가 후들후들 쓰러질 지경이지요. 백신으로 한판승을 노려보지만 갈 길은 멀어요.

관아! 관아!

옳으니 그르니 이마빡에 핏대 세우지 말아요.

하루빨리 특단의 긴밀한 대책을 세우세요.

너나없이 우리 모두 힘을 모아 극복해요.

방역 질서 잘 지키어 불안에서 벗어나요.

뜻 모아 힘 모아 하루빨리 벗어나요.

밀려오는 조급증에 가슴이 콩닥콩닥 뜀박질을 하네요. 이를 어쩌나 이를 어쩌나, 이제라도 별수 있나요. 늦기 전에 철통방어 방망이질로 삼십육계 줄행랑을 치도록 시원하게 코로나19를 쫓아내야지요. 다시는 생각조차, 얼씬도 못 하도록 멀리멀리 쫓아내야지요. 무슨 방법이라도 뾰족한 묘수라도 있나요. 앉아서 당할 수만은 없잖아요.

쥐도 새도 모르게 엄폐 은폐로 우후죽순 이곳저곳 불식간에 앞다투어 몰려오는 코로나19, 백신이라는 장애물로 옴싹달싹 못 하도록 하루빨리 대책을 간구해야지요.

코로나19가 백신이라는 낚싯밥에 걸릴까요? 백신이라는 달콤한 예방주사라는 그럴싸한 미끼에, 최대한 이것저것 모두 총동원, 일사불란한 총공세로 고군분투해서 막아야겠지요. 주절주절, 주저주저 지체 말고 이것저것 재지 말고 몰아내야지요. 코로나19 몰아내야지요.

제아무리 세다 한들 고양이 앞에 쥐,
조족지혈, 새 발의 피, 언 발의 오줌이지요.
할 수 있다.
우리는 할 수 있다는 소망을 가지고,
용기백배 힘을 다해 만방에 보란 듯이,
기필코 승리하리라!

3차 대유행 천 명이 넘었단다

피곤한 몸을 일깨워 훌훌 털고 일어나 보니, 확진자가 밤새 안녕이라며, 천 명이 넘었다지요. 아뿔싸! 목전에서 어찌하여 이런 일이 있나요. 하늘도 무심하시지, 사랑하는 이 백성들을 나 몰라라 간과하시나이까? 무슨 심기라도, 인간은 은혜를 모르는 미련한 존재지요. 항상 하늘을 무시하고 잘되면 제 탓, 안되면 조상 탓 하늘탓, 두 손 모으고 탓, 탓하다가 인생 볼 장 다 본다지요.

코로나19야!
조상이 탈이 났느냐?
하늘이 탈이 났느냐?
무엇이 너를 붙들어 놓느냐?
무엇 때문에 떠나지 못하고 서성거리게 하느냐?
인간은 본시 사귈 놈이 못 된단다.
미련 없이 가거라!

하늘 저 멀리

가련한 인생들이여! 무엇이 그리 탈이 났기에 마음을 다잡지 못하고 저토록 마음을 움츠리고 있느냐? 마음 졸이고, 졸이고 불안불안해야 하는가? 3차 대유행 피 흘리는 악전고투, 또 한 번의 전투를 죽기 살기로, 산목숨 거두절미, 죽지는 못하고 나라를, 사회를, 가정을 지켜야 하겠기에 코로나19 3차 대유행과 맞서야 하리! 죽기 살기로 줄기차게 맞서야지요.

네가 죽어야 내가 산다는, 절박감으로 싸워야만 한다니, 간담이 서늘하게 녹아내릴 것만 같은 두려움이 엄습하고, 이마에 송송송 식은땀이 줄줄줄 흘러내리지요. 낯부끄럽게 펄펄 끓어오르고 화들짝 자라 보고 놀란 가슴, 솥뚜껑 보고 놀라는 격이지요. 어찌하랴? 대관절 어찌하나요?

대수냐? 코로나19, 겁먹지 말고 기죽지 말고 소망을 가지고 또 싸워 보는 거지요. 너 죽고 나 죽고 피 튀기게, 나 죽었소! 코로나19가 항복할 때까지요.

기왕지사 전열을 가다듬고 전진 또 전진해야지요. 생사의 고지를 향하여 돌격 앞으로! 착검을 하고 질풍노도와 같이 함성을 지르며 와! 와! 하고 달려 나가야지요.

악전고투, 허리를 동이고 팔을 걷어붙이고 두 주먹 불끈 쥐고 이젠 백병전이지요.

깃발을 높이 들고 코로나19 박멸까지,
승리의 그날까지,
앞으로! 앞으로!

변이 변종 바이러스

요리조리 빙글빙글 날쌘 바람돌이처럼 잡힐 듯 잡히지 않는 변화무쌍한 변신술에 속수무책 당하고만 있으니, 코로나19 이를 어찌하나요. 한숨으로 우리네 삶이 일그러진 냄비마냥 그저 그렇네요. 신출귀몰 코로나19, 급기야 변이 변종까지 짠하고 등장하니 바람 빠진 풍선처럼 힘이 없지요. 이 산 저 산 바람에 불씨 날아가듯, 세계만방 여기도 불, 저기도 불, 불이지요. 코로나19 변종 바이러스 너 땜에 죽을 맛이다. 다시 한번 풀이 없네요.

무슨 방도라도 있단 말인가요? 보기 좋게 퇴치 방법이 있을 법도 하지만 온통 들쑤시고 쏘다니니 도통 통제 불능이지요. 촘촘한 그물망 같은 백신이면 걸려들까? 가능할까? 넋 놓고 기대를 하건만 아직은 소식이 없네요. 세계만방이 백신 연구, 백신 확보, 백신접종에 누가 먼저랄 것 없이 앞다투어 열을 올리고 있지만 아직은 요원하네요. 백신이면 다라는 기대에 차, 부풀어 있지만 꿩고기를 먹었는지 말고기를 먹었는지 도무지, 소식도 진척도 없어요. 코로나19

변종에 질색팔색 놀라서 숨죽이고 있지요. 답답할 노릇이네요. 하늘만 쳐다보네요.

일 년이 된 지금까지도 언 발에 오줌 누기, 죽은 아이 불알 만지기, 조족지혈, 함흥차사, 속수무책, 신출귀몰, 얼토당토, 어떤 표현으로도 모자랄 듯이 고개를 쳐들고 변화무쌍 활개를 치지요. 코로나19 너 말이다. 우라질 놈!

시간 시간 앞다투어, 대유행의 전조라고, 눈앞에 닥쳤다고 대서특필 뉴스를 타고 일파만파 번져가니 화 화 화지요. 우째 이런 불 같은 재앙이 세계만방을 난도질하나요.

다잡아요. 움츠린 마음부터 역발산기개세로 극복할 수 있다는 자신감을 가져야지요. 소망을 희망을 잃지 말고 겸손하게 대처해야지요.

기계와 용기만은 더더욱 잃지 말고 치열하게 굳세게 코로나19 극복을 위하여 힘차게 힘차게 나아가야지요. 오늘도 전진 전진 줄기차게 나아가야지요. 쥐 죽은 듯 고요히 무엇이든 아끼고 줄이고 줄여야, 있는 자는 풀고 없는 자는 조이고 타박타박 발자국 하나하나 두드리며 살아가야지요. 서로를 위해서요.

지피지기면 백전백승이라지요.
코로나19를 아는 것이 승리의 첩경이지요.
끝이 보인다. 소망을 가져 보자!
영육 간에 튼튼히 힘을 내자!

두 눈 부릅뜨고 단단히 맞서보자!
승리의 그 날까지!

210213

설 명절을 보내면서

코로나19가 가족을 부모, 형제자매, 일가친척까지 이산가족이 아닌 이산가족으로 만들었지요. 민족 고유의 대명절에 마음조차, 선물조차, 차례조차, 세배조차 집합 금지 비대면으로 애석하지요. 아! 이 세월이 언제까지, 갈 때까지 가잔 말인가? 찰거머리처럼 들러붙어 좀처럼 잡히지 않으니, 비대면 두문불출이 상책이긴 하겠지만 이럴 수도 저럴 수도 없어 야속하지요.

야속한 코로나19, 옴싹달싹 물러설 기미가 없지요. 이글이글 타오르는 횃불, 백신으로 치료제로 머리부터 발끝까지 송두리째 지져버려 두 번 다시는 범접지 못하도록 해야겠지요.

하늘이시여!
긍휼을 베풀어 주소서!
기뻐야 할 대명절이잖아요.
요양원에서 갈 길이 바쁘신, 연로하신 부모님들을,

코앞에서 뵙지 못하는 통곡의 소리가 들리지 않으시나요?
서성거리며 통곡의 안타까움이 강을 이루잖아요.
개 눈에도 눈물이 난다더니, 참으로 눈물이 날 지경이네요.
저들의 만남을 허락하소서!
당신이 맺어준 끈이잖아요.
통촉하소서!

개중에는 때마침 코로나19를 핑계 삼아 얼씨구나! 이때다, 잘 되었다는 듯이 산으로 들로 관광지로 떠나 보지만, 코로나19는 곳곳에서 도끼눈으로 지키고 있지요. 이럴 수가 어찌하여 이런 세월이, 슬퍼지네요. 의기소침, 울적한 마음으로 꼬리를 접고 기죽어 있을 때 핸섬한 동생 내외가 다녀간다지요. 얼씨구나! 웬 떡이여! 때가 때이지만 반가움에 히죽히죽 팔불출이 되었지요. 시름을 잠시 잊은 채로 콧노래가 절로 났지요.

범상하다 못해, 요상타 못해, 위험천만한 코로나19가 버티고 있기에 생각 끝에 이부자리를 가져오라고 했지요. 코로나19가 이부자리를 가져오게 만들었지요. 개인위생이 철저히 요구되니 행여나 몰라서 이부자리를 가져오라고 했지요. 코로나19 땜에 그럴 법도 하지만 이 세월이 언제 종식될는지요. 하늘만 쳐다보네요. 나약한 인간은 속절없이 애만 태우지요.

모처럼 설 선물에 신이 났지요. 동생이 산골에서 필요하다고 엔진 톱, 예초기, 안전화, 전기 인버터, 소고기, 홍어회, 인절미, 절편,

전병, 천리향에 곶감까지 한 아름 가득, 시의적절 필요한 것들, 명절 음식들, 난 챙겨줄 것도 없는데, 동생 이보게! 감사하네! 미안타!

　오랜만의 해후에 만면의 함박웃음이 꽃을 피웠지요. 입이 즐거우니, 마음도 날아갈 듯, 우울한 코로나19 시대, 뭐니 뭐니 해도 피붙이가 최고라고, 팔영산 자락 성지골에서 쾌재를 울렸지요.

　사랑하는 아들딸들아!

　세계만방 모든 이들이여!

　대 명절 설날에 비록 만나지는 못했지만 어디 우리들 탓인가?

　참고 견디고 자족 자숙 극복하여 마음껏 훨훨 날아 보자!

　별빛 가득한 하얀 창공을 시원스럽게 날아 보자!

　코로나19, 고흥사람 박치기왕 김일처럼 한 방에 날려 버리자!

　박치기로 휙휙 시원시원하게 날려 버리자!

　한 시대는 가고 오는 법, 이 또한 지나가리니 소망을 갖자!

　당당히 입마개를 벗어 던질 그날까지 승리하자!

　반드시 극복하리라!

　쫄지 마라!

　풀 죽지 마라!

　다음을 기대하자!

210217

번쩍번쩍 우르르 꽝꽝!

번쩍번쩍 우르르 꽝꽝! 꺼져 가던 불씨가 되살아난 듯 서서히 여세를 몰아 활활 타오를 기세이지요. 일냈네요. 육백 명이 넘도록 코로나19가 명절 끝에 기승을 부리지요.

일 년에 단 한 번, 민족 고유의 명절 설을 지나 코로나19 와중에도 섭섭함을 못 이겨 모처럼 다녀간 딸자식들, 평생 농사 허드렛일로 허리 굽은 연로하신 부모님들, 고을고을 확진 판정에 화들짝, 앗! 뜨거워라, 억장이 무너지지요.

하향곡선을 그리던 코로나19, 명절 기간 얼씨구나 이때다 방심을 틈타 변곡점을 찍고 다시 상향, 하늘 높은 줄 모르고 치솟는 그래프를, 또다시 호미로 막을 것을 가래로 막아야 한다니 대략 난감이지요. 더군다나 여기저기 못 살겠다는 자영업자, 특히 반대진영의 논리에 함몰되어 다수가 방역단계 낮추라고 와글와글 악다구니를, 고삐 풀린 망아지들처럼 날뛰더니 누군들 이기랴 저 아우성을 저 똥고집 인생들을….

풀리자마자. 번쩍번쩍 우르르 꽝꽝! 치솟으라는 경제지수는 아니 치솟고 코로나19 저만 홀로 신이 났지요. 탱자탱자 여유만만 여유를 부리며 실룩실룩, 그러면 그렇지 비꼬며 조롱하는 코로나19 이지요. 만면의 미소를 보란 듯이 또다시 싸워야 하나, 뚜껑이 열리지요. 코로나19 저 꼴불견을 언제까지 볼 거냐 속이 뒤틀리며 아려오지요. 좀 더 조금만 더 참았어야 했는데, 후회한들 이미 때는 늦었지요. 다시는 후회 없기를 바라지요. 어쩌다 코로나19 이 세월을, 유구한 산천에 못돼 먹은 인생들은 뻔히 보면서도 그래도 혼쭐이 덜 났는지? 여전히 정신줄 놓고 손가락질 삿대질에 막무가내식으로 방심 또 방심하지요.

어이타!
하늘을, 인간을 장기판 졸개쯤으로 보네요.
코로나19 이 녀석이 어디 된맛 좀 보라고,
길길이 뛰어다니네요.
통통, 스프링처럼 오늘도 삼킬 자를 찾아서요.
끊임없이 활개질이지요.

백신 백신 하지만 임전무퇴 물러섬이 없는 포화 속으로 피 튀기는 극한의 암투 일촉즉발 총구를 겨누어 보지만, 쏠 테면 쏘라는 배짱으로 어디 두고 보자네요. 누가 승리의 축배를 누가 패배의 쓴잔을 마실지 오리무중 안개 속이지요. 다시 차분히 대처해야지요.

최일선 전선을 차분히 정비하고 섣불리 막무가내로 조급하게 경거 망동 함부로 말아요. 마구 마구 덤비지 말아요. 다시 결기를 다져 야지요. 한 발 한 발 차근차근 승리의 그날까지 나아가요. 쨍하고 승리의 축배를 들 때까지.

기부로 어둠을 밝히다

그저 돈이지요. 개도 안 먹는다는 돈이 웃게 하지요. 돈이 사람을 웃게 하지요. 침울한 코로나19 시대, 그나마 우리에게 작은 미소를 짓게 하지요. 늘 웃음꽃이 만개하기를 기도해요. 오랜만에 단비 같은 시원시원한 뉴스를 보네요. 사노라니 이런 뉴스도 있어요. 재산의 절반을 뚝 떼어 미련 없이 시원하게 코로나19로 시름시름 앓고 있는 절박한 사회에 기부를 하겠다지요. 듣던 중 반가운 희소식, 사회는 모처럼 만연에 화색이 도네요.

코로나19 시대, 절박하게 이 어렵고 힘들어 입맛이 없을 때, 전년 대비 예년에 비해 기부금이 그래도 많아졌다네요. 듣던 중 반가운 소식, 집집이 채워 주는 것은 아닐 테지만 상큼상큼 살맛이 나지요. 놀랍지요. 십시일반 차곡차곡 해일처럼 산더미같이 넉넉하게 쌓여가는 훈훈한 인심, 고을고을 곳간에서 인심 나고, 말 한마디에 천 냥 빚을 갚는다고 코로나19 시대 기부금이 대박 대박 모처럼 신이 나지요.

그럼에도 기부문화가 지구촌 세계 백사십여 개국에서 60위라니 아연실색이지요. 그저 부끄러운 일이지요. 대다수 축에도 못 들지만 사돈 남말하는 것이긴 하겠지만, 언제 큰소리치며 푹푹 떼어서 기분 좋게 봉투를 내밀 수 있을지, 할 수만 있다면 좋으련만, 그것이 문제로다.

아직까진 갈 길이 무지무지 멀어요. 천길만길이지요. 오르락내리락 갈 길이 멀어요. 고군분투 뼈를 깎는 피나는 노력에 노력만이 나라를, 사회를 밝게 하지요. 우리 모두 동참하는 밝은 사회 되기를 소망해 봅니다.

기부문화 역시 장족의 발전을 고대하면서도 그렇게 하지 못하는 다수의 사람들, 긁적긁적 홍당무가 되는 순간들이지요. 입이 열 개라도 할 말은 없지만, 몸이라도 굽신굽신 머리 숙여 다소곳이 때우자고요. 우리 모두 코로나19 시대, 자족 자숙 조용조용 쥐 죽은 듯이요.

자수성가 기업인들, 기업들, 구입하고 애용하는 천사 같은 소비자가 있었기에, 오늘날 호의호식 큰소리치는 부자도 가능하지 않을까요? 코로나19로 맥 못 추고 힘겨운 어려운 이웃들, 개미같이 부지런한 소비자들, 돌아보고 돌보는 것도 의미가 있다고 생각하네요. 찬사에 찬사를 보냅니다.

강자여! 부한 자여!
때는 이때이니 주변을 샅샅이 돌아보자!

불가항력 코로나19 시대,
주리고 헐벗은 자들에게 희망을 주자!
큰맘 먹고 배포 있게 선심 한 번 써 보자!
말이라도 곱게 곱게 후련하게, 살맛이 나게 배려해 보자!
한양 여의도에 산다는 아무개 아무개,
콩가루 집안처럼 하지를 마라!
방역에 안다리만 걸지 말자!
기부문화 본을 받아 금수강산 꽃피우자!
도란도란 손에 손을 잡고
너나 나나,
우리 모두

젊은 기업인들, 새로운 신흥 갑부들, 어려운 코로나19 시대, 재산
의 절반을 기부하겠다니, 기회에 꼬리에 꼬리를 물어 성장 발전하
길, 감사할 일이다.

아무튼.

이젠 백신까지 정쟁이다

도를 넘다 넘어 백신까지 정쟁이지요. 추상같은 국민들, 어린아이들 보기에, 벼룩도 낯짝이 있다고 부끄럽지도 아니한가요? 티격태격 철천지 웬수가 졌는지 그렇게도 먹고 여전히 못살아 좀이 쑤신단 말인가요? 죽을 때까지 가련타, 군상들이여!

그것도 정치라고 백신까지 들먹들먹, 치졸하다 못해 경박하기까지, 언제는 백신이 없다고 아우성치더니 이제는 맞지 말라고, 안 맞겠다고 아우성치지요. 어느 장단에 춤을 추랴 갈팡질팡하는, 이 못난 치졸한, 지조 없는 군상들아! 토할 것 같다. 엽기적이지요. 한입 덥석 문 하이에나들처럼 물고 뜯고 뜯기는 기구, 가관 벌창이지요. 그리 할 일이 없는지, 마장에 매어놓은 망아지마냥 날뛰고, 수족관에 금붕어처럼 입만 꿈적꿈적 놀리니 꼴불견이지요.

말은 찰떡같이 하고 행동은 개떡같이 하네요.

가련한 인생들이여! 어찌하여 살다 살다 그리되었는고? 갈가마귀 떼처럼 죽기 살기로 덤벼드니 떡이 나오는지 밥이 나오는지? 제 살 깎아 먹는 식충들아! 그리 말아요. 못된 버릇들 꼬깃꼬깃 버려야지요. 형님 먼저 아우 먼저 그리하면 좋으련만 어디 한 번 그런 날 있을까요? 예수님은 다투지 말고 서로 우애 있게 살라 하셨는데, 눈만 뜨면 게거품을, 어찌 애간장만 태우게 하는가요? 뼈만 한 세상 그리도 할 일이 없단 말인가요? 아서라! 말을 말아야지요. 개 팔자가 상팔자라고, 팔자 팔자 물고 뜯는 싸움 팔자, 하늘이 내려준 팔자에도 없는 팔자지요.

이제나저제나 언제까지 분탕질만 할 것인가?
하늘 한 번 처다보는 여유를 갖자!

지금도 다수는 산업전선에서 등이 휘도록, 뼈마디가 닳도록 위험을 무릅쓰고, 어떤 이는 아직도 퇴근을 못 하고, 자식새끼 마누라와 영영 이별, 하늘나라로 갔지요. 개 눈에도 눈물이 나지요. 어찌어찌하오리까? 입을 것 못 입고, 먹을 것 못 먹고, 몸에 좋다는 맛난 음식 엄두도 못 내는, 집 한 칸 없이 한푼 두푼 세금이 아까우리만치 아끼고 아끼다가 사기꾼 입에 털어 넣는 가련한 인생들, 어허 괘씸하도다. 개인과 사회를 좀먹는 저들이 야속하지요.

세월이 유수라 어서어서 서둘러서,
지긋지긋한 코로나19, 두 번 세 번 볼 것 없이,
백신으로 일소하고 지화자 신명 나게,
하나 되어 살맛 나는,
그런 세상 만들자!

대동 세상!
우리 모두 만들어요.

210304

부동산 투기 웬 말이냐?

아무리 코로나19, 저렴한 시대라지만 이 짓 저 짓 할 짓은 다 하네요. 부동산 투기하며 국민이 부여한 직책을 망각하고, 세금 낭비로 호의호식 탱자탱자, 할 일 없이 빈둥빈둥 시쳇말로 놀고 있네요. 부동산 투기 이 땅, 저 땅, 땅 땅 하다가 코 박고 그리 살다 갈려나요? 이고 지고도 못 가져갈, 땅이요 집인데, 만인에게 구설수 손가락질을 받으며 그리 살겠다고 고작 살아야 백 년인 것을, 저 죽을 줄 모르는 미련하고 미련한 욕심쟁이지요. 유유상종 저들만의 돈 잔치지요.

엄연히 헌법에 보장된 경자유전의 원칙도 개무시하니 시대에 뒤떨어진 법들을 철저히 보완해야지요. 공공의 적! 쥐새끼 한 마리도 얼씬도 못 하게, 땅은 먹거리를 생산하고 가꿀 사람이 가져야 하거늘, 투기질에 개폼잡고 생산성을 떨어뜨리고, 이들을 어찌하면 좋단 말인가요? 이 세태를 꼴사나워 어찌 본단 말인가요?

땅은 생명의 원천, 저 혼자만 암암리 시세 차액으로 돈 벌겠다는 투기의 대상이 아니지요. 함께 살아가야 할 터전으로, 먹고 사는 생명줄이요. 목숨이 걸린 생명이지요. 그 자체, 고결한 것이지요.

위정자들이여!
이번만큼은, 요번만큼은,
쇠뿔도 단김에 빼랬다고,
제대로 된 투기 방지법을 만들어라!
물 샐 틈이 없이 아무나 얼씬거리지도 못하게,
제발 꼭꼭 만들어라!
지체 말고 하루 속히,
단박에!

코로나19 이 와중에도 국민이 부여한 직책을 가벼이 여기고, 되짜고 말 짜고 섭섭지 않도록 녹봉을 주며 모셔다 놓았더니, 하라는 일은 아니 하고 개수작 분탕질을, 고작 징계로 다스리다니, 개과천선하라고 철창에다 가두어야 할 텐데, 국민이자 주인인, 안중에도 없이 개무시하지요. 그놈이나 그놈들이 죽이 맞아서, 무엄하도다. 벌이라도 줄라손 치면 직책을 팽개치고 아무 일 없었던 것처럼, 줄행랑을 치면 그만인, 할 짓 다 하고 헌신짝처럼 버리면 그만인가? 소위 왈 공인이라는 투기꾼들아! 할 짓 다 하고 훌쩍 떠나니 속이 시원하더냐?
투기질로 맡겨진 작은 일도 못 하는 주제에 그럼에도 불구하고 무슨 중차대한 나랏일을 맡겠다고, 때만 되면 선거판에 입후보자로 기웃기웃, 얼씬도 말아라! 분탕질에 이골이 난 이놈들아! 두 번다시 선거판에 기웃거리지 마라! 대활이 못 되니 김칫국부터 마시지 마라! 하나를 보면 열 가지를 안다고, 나라 살림 쪽 날라, 옛날 누구처럼 병역면제, 두려워서 군대도 못 가는 졸장부들.

그뿐인가? 세금 탈루에다 나라의 녹을 먹고 영달을 누린 것도 모자라서, 한푼 두푼 피 묻은, 코 묻은 돈 끌어모아 호의호식, 그것도 모자라서 군림하고 깽판을, 무엇을 원하는가? 우주를 가졌던들 채울 수 있겠는가? 그 욕심을 언제까지, 죽을 때까지? 고이고이 끌어안고 가져갈 건가? 동산을, 부동산을, 누굴 줄려고, 누구 좋으라고 대대 누대를, 권불십년! 재불십년! 어림도 없다. 꿈을 깨라!

이 속 좁은 무뇌자,
남녀노소 주권자들아!
저런 꼴을 보고도, 기웃기웃 선거판에 나온 놈들에게,
줄을 서고 또 찍어 준단 말인가?
쓸개 빠진 놈들이 아니던가?
개인의 종말은 홀연히 곧 있을 터,
언제 좋은 꼴을 볼 수 있겠는가?

골 빈 투기쟁이들아!
정신줄 놓고 넋이 나간 짓 하지 마라!

피 맛에 취한 늑대처럼 아무 데나 빨대를 꽂고 쪽쪽,
그 뒷감당을 어이하려나 콩밥이 제격일세!
오늘도 땅이 없어 집이 없어,
눈물 뿌리는 자들이 있다는 사실을 명심하라!
인생을 좌지우지하는 조물주 앞에 더는 개수작 부리지 마라!
하늘이 알고 땅이 안다.
썩은 세상! 썩은 것들! 발본색원 깡그리,
아작아작 아작을!

3기 신도시 투기 사태를 보며

사람은 본체만체, 땅은 애지중지 들었다. 놓았다. 시렁 위에 꿀단지 신줏단지 고이고이 모시듯이 무슨 거지발싸개 같은 심보더냐? 때가 되면 일확천금 노림수로, 천하 호령 돈방석에 경자유전 개무시하니 그리 그리도 좋다는 말인가? 모진 심보들아!

어느 집은 몇만 평 몇십만 평이나 있다면서 몇 평 들어가는 마을 길도 협조 못해서 형님 동생 무색하게, 허울뿐인 애끓는 곤란을 준다더니 한심한 심보들이다. 제집 들어가는 길은 어디 거저 생겼더냐? 앞서간 선조들이, 한 집 한 집 협조해서 생긴 길들이 아니더냐? 알박기로 공공의 걸림돌 뺑튀기 한탕주의, 도긴개긴 피장파장 얄미운 밉상들, 황천길 홀로 어찌 가려는가?

더럽고 치사하게 꼼수 부리지 마라!
조심조심 조심해라, 쪽박 찰라 인생은 한순간 한때이다.
날아가는 화살처럼, 아침 안개와도 같이,

눈 깜짝할 새 인생은 간다.

하늘이 알고 땅이 안다. 이웃이 안다.

천추의 한을 만들지 마라! 못된 모진 심보를 버려라!

지옥불이 무섭다.

녹봉이 적어서 철밥통이라서, 이래도 그만 저래도 그만, 좋다고 흥흥 해 주니 완전 보잘것없는 인생, 줏대 없는 국민이라고 개무시하는구나! 이런들 어때서 저런들 어째서, 우쭐우쭐 시건방을 떠네요. 내 땅 가지고 내 맘대로 무슨 문제야고 남들과는 격이 다르다고 거룩한 척.

그것도 트인 뚫린 입이라고 입은 비뚤어져도 피리는 바로 불어야지 어디 할 테면 해 보란다. 누굴 믿고 갑질을, 꼬우면 땅 사고 집 사라고 어디 할 소리인가? 아님 이직해서 좋은 직장, 출세하라고, 구라를 쳐서라도, 누군들 생각이 없겠는가? 양심상 안 따라주는 걸, 회전의자 주인은 따로 없다. 언젠가는 보리알 터지고, 역전될 수도 있다.

기고만장 위세 부리며 건들건들 거들먹거리며 땅이며 집 장사에 이골이 났는지? 뒷돈이며 투기에 이골이 났는지? 하다 하다 서슴없이 별 짓거리를, 아무 데나 혀를 대다니, 양심을 팔아도 유분수지 벼룩의 간을, 주리를 틀어 혼쭐을 내야지요. 이놈 저놈 예외 없이 옛날처럼 무릎이 나가도록 죽겠다고 소스라치게 비명을 지르도록, 그래도 알는지 말는지, 이래저래 법이 있으면 무엇 하나요. 유전무

죄 무전유죄 돈 없는 자는 유죄지요. 있는 자는 미꾸라지처럼 요리조리 법망을 떡 주무르듯 농락하니 토할 것 같네요. 밥맛이지요.

서민을 위해 하라는 일은 뒷전이고 일단 영욕의 자리 꿰차고, 권세가 있을 때 이때다. 투기부터 하고 볼 일이라고, 금수강산 방방곡곡 슬쩍슬쩍 암암리에 투기를 하지요. 하늘은 땀 흘려 일하라고, 일하지 않는 자는 먹지도 말라고 했거늘, 그것도 일이라고 투기를, 아무 거리낌도 없이 하지요. 양심은 온 데 간 데 죄의식도 없이 말이지요.

딱 걸렸다 제대로 된통 걸렸다. 이번만큼은 호락호락 마뜩하게 넘어갈 일이 아닐 듯, 사법부에 몇 번 끌려다니며 된통 당해 볼 터인가요? 이마에서 번갯불이 번쩍번쩍 나도록, 망나니의 칼춤을 맛좀 보시게들, 저들의 모질고 질긴 악연을 끊어야지요. 썩을 목숨, 썩은 무 자르듯이 팍팍 잘라 내야지요.

이참에 안팎 거죽 다 뒤진다지만 어느 세월에 해 넘어갈라! 늦기 전에 이실직고 토해내라! 자리보전에 죽기 살기 연연하지 말고 처자식 일가친척 사돈에 팔촌까지, 아님 석고대죄 죗값을 치르라! 강산이 몇 번 변하도록 칼을 차고 족쇄를 차고 근신하며 두문불출 눈물로 자숙해라! 투기쟁이 얼간이들 그 죗값을 받아라!

인생은 덧없다. 헛되고 헛되도다. 아침이슬 같아서 때로는 영롱하게 빛이 나다가도 쉬이 사라지지요. 추풍낙엽으로 잎이 피고 곧 지듯이, 뛰어 봤자! 벼룩이 거기서 거기 쳇바퀴 돌듯, 진즉에 왜 몰랐던가요? 바보처럼 몰랐나요.

자연의 섭리를 저버리지 마라!

지엄하신 하늘의 섭리를 저버리지 마라!

하늘의 높은 참뜻에 순응하라! 그저 잠잠히 순응하라!

함부로 넘보지 마라! 넘볼 걸 넘보아야지?

담장 너머 기웃기웃 기웃거리지 마라!

남의 곳간 넘보지 마라! 땅 도적질 집 도적질하지 마라!

앉을 자리 설 자리 똥오줌 못 가리는 푼수 중 푼수,

푼수가 따로 없다.

여기저기 손을 대며 쏘다니다가 큰코 다친다.

한평생을 그늘에서 살지 마라!

어쩔 건가? 무릎 꿇고 자연 앞에, 하늘 앞에 두문불출 다시는 그 짓거리 그 죄를, 금수강산 더 더는 더럽히지 않겠다고, 가슴을 끌어안고 눈물콧물 뿌리며 땀방울이 핏방울이 되도록 창자가 끊어지도록 머리를 조아리며 용서를 빌라! 그 길이 살길이다. 모지리 짓 다시는, 얼씬도 마라! 이 투기투기 새삼 어제오늘의 일만은 아닐 테지요. 고부민란 고부군수 조병갑 같은 버러지 같은 인간 냄새도 안 나는!

투기투기 이 일들을 어쩔 건가요? 나라를 위하여 고칠 건 고치고 만들 건 다 만들자! 철통방어로 법들을, 절망이 희망이 되도록 말이다. 내일은 태양이 뜬다. 어느 곳에나, 구석구석 쥐구멍에도 뜬다.

주권자는 안중에도 없는 자들이여!

입법부! 사법부! 행정부!

대명천지에 대자로 쿨쿨 잠만 자는가?

개 팔자가 따로 없다. 여기도 쿨쿨, 저기도 쿨쿨,

무슨 전매청 특허이더냐?

주권자여! 모조리 곤장을,

볼기짝이 터지도록 사정없이 후려치자!

특히 입법부는 들어라!

이리저리 꼼수 부리지 말고 법도 제 입맛에 맞추지 마라!

누구 좋으라고, 그딴 짓 하지를 마라!

법부터 단호하게 그물처럼 촘촘하게 만들어라!

사법부, 행정부만 똥 나무라듯 나무라지만 마라!

법을 만들어야 법에 따라 일을 한다.

법치주의가 아니던가?

"법보다 주먹이 우선이다."

"주먹이 운다."

오죽했으면 이런 말이 있겠는가? 투기투기 언제적 얘기란 말인가? 이번만큼은 두 눈 부릅뜨고 도끼눈으로 일거수일투족 지켜보자! 시대시대 시류에 맞게 법을 만들고 고칠 건 고쳐라! 그것이 국민을, 우리 모두를 위하는 길이다. 투기를 잡는 최선의 길이요. 공동번영 살길이다. 대동 세상 첩경이요. 신명 나는 삶이지요.

암만 하면 무엇 하나? 뒤죽박죽 법도 없이 개판인 걸, 입법부가 법을 만들어야 일을 하지요? 사법부 행정부가 법에 따라 일을 하지요? 있던들 잘 집행치 아니하면 말짱 도루묵, 도로 아미타불 헛일이지요.

백성들이여!
우리 모두 지켜 보자!
신경을 바짝 세우고 한 표 한 표 투표로 심판하자!
혹자는 더러워서 안 한단다.
모지리짓 그만하고 인정사정없이,
보기 좋게 본때를 보여 주자! 투표가 주권이다.
깨어나라! 일어서라!

쇠귀에 경 읽기는 아니겠지? 배울 만큼 배웠으니까요? 미련 없이 후회 없이 이젠 투표로 바로잡자! 평소에 잘 봐 두었다가 싸그리 청소하자! 특히 주권자들, 그래도 모르겠다면 공부하자! 배워서 남 주나! 배워서 남 주자! 정치만큼은, 투기 근절만큼은 공부하자! 납골당 입적할 때까지는 하자!

코로나19 시대 가뜩이나 열받게 하지 마라! 투기로 열받게 하지 마라! 열 나서 코로나19 걸릴라! 절대자 하나님이 열받으시면 끝장이다. 욕심 작작 부리고 서로 돕고 베풀며 그리 살라 하셨는데, 코로나19 시대 얼토당토않고 뚱딴지같은 투기로, 땅값 집값 올리면 어이 살라고, 가뜩이나 심란한데 작작 하자!

깨어나라! 기필코 승리하리라!
함께 사는 대한민국! 우리나라 만만세!
영원하리라!

210310

짐승 같은, 제대로 걸렸다

　제대로 걸렸다. 쌤통 된통 걸렸지요. 구제 불능 사회의 걸림돌 엇나간 자들! 짐승 같은 몰염치한 자들이 나는 괜찮다고 마구마구 주워 먹다가 이를 어쩌나 딱 걸렸지요. 보기 좋게 순대에 체했지요. 웃어야 할지 울어야 할지 난감하지요.

　언젠가는 터질 것이 터졌지요. 곪을 대로 곪은 부동산 투기, 서민은 꿈도 못 꾸는 투기를, 로또나 맞으면 모를 일이지만, 저들은 밥 먹듯이 물 마시듯이 그저 아무 거리낌 없이, 죄의식도 없이 투기를 일삼으니, 새삼 어제오늘만의 일이 아니겠지만, 이제 서야 철퇴를 내렸지요. 두 눈 똑똑히 뜨고 지켜볼 일이지요.

　코로나19 시대, 이 와중에도 저만 살겠다고 슬금슬금 야무지게 투기하다가 철밥통 내던지고 쪽박 차게 생겼지요. 철밥통은 돈푼이나 될 텐데, 이를 어쩌나 서운해서 자업자득인 걸 어쩌랴? 인과응보 종두득두 심은 대로 거둔다는, 누가 말리랴?

돈은 있어도 탈, 없어도 탈이지요.
투기가 문제로다.
돈이 문제로다.

많이 먹으면 먹을수록 체하는 법 두 눈 부릅뜨고 버티어 본들 약
도 없지요. 입 벌리고 혀 내밀고 저승길로 개 끌려가듯이 돈에 발
목이 옴짝달싹 오랏줄에 보기 좋게 끌려가니 화가 아닐 수 없지요.

코로나19, 난리 난 이 시국에, 가뜩이나 힘든 이 시국에도 나라
안팎을 시끄럽게 쟁기질하듯이 죄다 뒤집어 놓고 부동산 투기 그
거 할 짓이 아니지요.

꽁보리밥 먹던 시절, 문교부 혜택이라도 받은 자들이 배운 값을
해야지 배운 값을 해야지요. 고작 한다는 짓이 부동산 투긴가요?
무엇이 그리 부족해서 박봉이라 그러는가요? 한 푼 에누리도 없는
녹봉이 아니던가요? 선인들은 겉보리 두 말을 한 달 녹봉으로, 때
로는 외상으로도 일을 했다는데 어디 말 좀 해 보시지요.

울 선친은 첫 녹봉이 고작 겉보리 두 말이었다지요. 얼마 후, 한
달 녹봉으로 소가죽으로 만든 서류 가방 하나 샀더니 그만 빈 지
갑이 되었다지요. 난리 통에 타관 객지에서 홀로 식을 올렸고 신행
도 못 갔다지요. 업무가 과중해서, 돈이 없어서 말이지요.

격세지감 할 말이 필요 없어요. 월말이면 통장에 꽉꽉 꽂히는데
그것도 몇 달마다 고봉으로, 배로 부어 주는데도 말이지요. 펜대
나 긁적긁적이다가 에누리 없이 참 세월 좋아졌지요. 아서라! 말을

말아야지요.

세월이 유수가 아니던가요? 코로나19 이보시게 너는 부동산 투기하는 자들, 얼른 들쳐업고 빨리 도망이나 갈 것이지? 느릿느릿 느림보 나무늘보처럼 일언반구 가타부타 이런저런 말도 없이 언제까지 패악질을 하겠다는 것인가? 겹겹이 쌍으로 밀려오는 저들을 누구를 탓하리요. 원망하리요. 코로나19 부동산 투기 이 세월을 어찌하리요.

세월아!
언제쯤 종식인지, 속 시원히 말 좀 하시게나.
코로나19, 부동산 투기 대관절 이제나저제나 언제쯤에,
마른 사막에 단비처럼 한마디 말이라도,
속 시원히 말 좀 하시게나.
이제나저제나 오늘일까? 내일일까?
이런 세상 계속되면 이래저래 화를 돋우어,
타는 가슴 화병으로, 고혈압에 반신불수,
두문불출 절명이라도, 두려워지지요.
모진 목숨 주어진 명까진 엎어 치나 메어치나,
한세상을 살아야 할 텐데,
그것이 문제지요.
아니 되오! 못 참겠소!
하루하루 애절한 소식만이 구슬픈 소식만이,

아린 서글픔에 속절없이 하루하루를 터질 것 같이,
옥죄어 오는데,
미칠 것만 같소! 누구 없소!

그립다. 코로나19 없는 세상!
땅 투기 집 투기, 투기 없는 세상!
안전한 나라! 상식이 있는 나라!
살 가치가 있는 인생!
소망아! 나래를 펼쳐라!
더 높이 더 멀리
하루빨리!

210317

고만고만한 닭집이 네 채다

투기투기 땅 투기 집 투기, 고관대작 말단 나부랭이까지 세상이 온통 따르릉 야단법석이지요. 아니 배달의 민족 금수강산 한국 땅에 집 없는 서러움 땅 없는 서러움, 너희들이 알기라도 한다면 그 짓을 녹봉이 적어서, 우라질!

코로나19 시대, 뒤죽박죽 혼탁한 이 시대에 어떤 이는 목숨이 경각에 달렸는데, 멱을 따는 찰나에 하늘에 눈치를 보며 애걸복걸 싹싹 빌며 애타게 목숨만은 아니 되오! 아니 되오! 빌고 있건만, 못된 나리라는 작자들은 숨죽여야 할 코로나19 시대, 눈에 마스크를 썼는지? 뵈는 게 없는지? 하늘은 아랑곳하지 않고 천년만년 살겠다고 저만 잘 먹고 잘살겠다고 오두방정을, 강건하면 칠팔십 장수하면 백이십, 백수도 힘 드는데 그 죗값은 어이하려는가?

오늘도 기본에 기본인 유할 집도 없어서 동가식서가숙 동분서주, 이곳저곳 찾아 헤매는 집거지 땅거지 저들은 어찌하라고, 금수강산 방방곡곡 여기저기 혀를 대고 손을 대고, 언제까지 얼마를 가져야만, 죽 쑤어 개 주려고 꼴불견 발버둥을 치는가?

너나없이 때가 되면 가리라!
하늘이 정한 불변의 진리 이치를,
누가 감히 밤 놔라 대추 놔라, 콩 심어라 팥 심어라!
어느 안전이라고 거역할 수가 있단 말인가?
그리할 수만 있다면 어림 반 푼어치도,
꿈 깨라!

하도 서러워서 닭집을 네 채나 지었지요. 무주택 사역자로 십 년 세월을 전전, 하도 서러워서 산모퉁이 비탈진 빈죽땅에 그것도 내 땅이라고 반듯한 내 집은 없어도 고만고만한 닭집을, 기어들어 가는 닭집을 네 채나 지었지요.

목구멍이 포도청이라 어찌어찌 천신만고 끝에 거들떠보지도 않는 산자락에 맨땅에 헤딩! 개고생에 이리저리 죽기 살기로! 너희들이 집 없는 서러움을 알기라도 한단 말인가?

엄동설한 몇 날 며칠을 버려지는 폐자재 잡동사니들, 주섬주섬 이것저것 죄다 주워다가 뚝딱뚝딱 볼품없는 작은 닭집들을, 닭들에게 인심 써서 무료로 임대했지요. 무슨 꿍꿍이는 순풍순풍 계란이나 잘 낳으라고, 어쨌든 걱정 마라! 애지중지 분신 같은 닭들아! 코로나19 시대가 끝날 때까지 줄곧, 쭉쭉 쭉 무료 임대다.

쿨하게 기분 좋게 살라고….

이 못난 군상들아!

수작 부리지 마라! 하늘 아래 너만 살아가고 있다더냐?

남모르는 주머니를 꿰어차고 전국을 쏘다니며 투기질이냐?

코로나19 옮기지나 마라!

땅이며 집이며 죄다 꿰어차고 히죽거리지 마라!

보기에 추하다.

고아와 과부,

힘없고 가진 것 없는,

없는 자 농락하고 기죽인 죄,

집값 땅값 올린 죄,

두 손 싹싹 빌고 빌어 하늘에 용서를,

이웃에게 용서를 빌어라!

냉큼 토설 토해내고 머리를 조아리고 용서를 구하라!

하늘이 무섭다.

210323

백신접종 왈가왈부, 이제 시작이다

오늘은 육십오 세 이상 백신접종 시작하는 날이지요. 실효성이 있느니 없느니 부작용이 있느니 없느니, 맞지 말라! 맞아야 한다. 위험하다느니 안전하다느니, 나라님부터 맞아야 한다느니, 노인들부터 젊은이들부터, 형님 먼저 아우 먼저, 왈가왈부 갑론을박 탈도 많더니 오늘에야 시작이지요.

오늘은 나라님이 코로나19 아스트라제네카 백신 주사 맞는 날이지요. 백신은 못 믿겠다고 대통령부터 1호로 맞으라고, 솔선수범 본을 보이라고 모질게도 득달박달 달달 볶더니 오늘 맞았단다. 그래서 그리 시원하더냐?

어느 장단에, 이제는 나라님이 국민들은 안중에도 없이, 제일 먼저 맞았다고 이런저런 야단법석이지요. 어느 장단에 춤을 추어야 할지, 대략 난감이지요.

말하는 자가 누구냐고, 어느 잘난 위인들이 헛소리질을, 소위 왈 젊은이들이 말하는 꼰대들이라나, 조석지간에 그 비위를 누가 맞추랴? 하늘인들 싱긋이 웃지요.

나라님! 그 자리가 어떤 자리인데, 말도 많고 탈도 많지요.
혹자들은 나라님이 독재한단다. 시쳇말로 세상 좋아졌지요.
서슬 퍼런 군부독재 그 시절엔 몽둥이찜질이지요.
마구잡이로 끌어가고 소리소문없이,
독재라고 말 한 번 시위 한 번 못하던 겁쟁이들이,
이제 와서 독재라고,
얼어 죽을 독재라고 말할 수 있다는 것이,
독재가 아니라는 명백한 반증이지요.
육칠십 대 어르신들, 그 시대 살아보고도 독재라니 한심하다.
그 시절 어디서 무얼 했는지?
절간에 들어앉아 염불이나 외웠냐?
고시 공부, 공무원 시험이나?
누구는 고시 공부하느라고 군 면제 받았다지요.
미필이 큰소리는 더 치지요.

괄시에다 무시까지 바닥 인생을 살아보고서도 나이 먹으면 죽어
야 한다더니 딱이지요. 윗물이 맑아야 아랫물이 맑다고, 죽어야
물갈이가? 천만의 말씀 만만의 콩떡이다. 세월이 가도 가도 골백번
여전히 그렇긴 하지요? 가짜정보가, 그런 세월이, 나이가, 나라를
망치지요.

지역지역 난리 났지요. 남쪽 거제조선소에도, 설악산을 품은 속초에서도, 무등산 빛고을 광주에서도, 전국 목욕탕, 경산에서 진주에서 난리가 났지요. 예방 차원으로, 선제적 발본색원 차원에서 외국인 노동자들 전수 조사를 하는 중이라는데, 이것도 국가 차별, 인간 차별이라고 혹세무민 말을 만들어 여기저기 산지사방 뿌리고 있지요.

게거품을 물고 죽을 둥 살 둥, 한심타! 한심하지요. 만고풍상을 다 겪었지만, 이 꼴은 처음 보겠지요. 일상에 뿌리를 내리고 마의 손을 뻗고 있는 위험천만한 코로나19, 그 위용을 드러내고 코로나19 경제, 죽을 맛이라지요. 곳곳에서 아우성이지요. 전국 방방곡곡 지역지역 곳곳에서 발병률이 치솟고 유비무환이라고 미리미리 조심조심, 조심만이 살길이지요.

왈가왈부 갑론을박, 말도 많고 탈도 많지요. 갈라지고 찢어지고 박 터지고 코로나19가 문제이고 웬수이지? 맞대응으로 최소한의 외출, 백신접종, 안전거리 유지를, 왈가왈부 어쩔 건데 대안을, 머리가 지끈지끈하도록 혈압이 오르지요. 남도 이곳까지, 그만들 하세나! 그만들 하시지요. 서로서로 대적하고 물고 먹겠다고, 사람이 어찌 완벽할 수가 그저 그렇게 완전체는 아니지요. 사는 날 동안 숨이 붙어 있는 한 미완이지요. 큰소리칠 이유가, 죽어야 비로소 자유인이지요?

코로나19 맞서고 싸워야 할,

함께 대처해야 할 대상이 아니던가요?

승리를 위하여 서로를 위로해요.

꽃 중의 꽃 웃음꽃이 최고이지요.

활짝 피기를 웃음꽃이,

온 누리에.

한양 귀신이 최고여!

뭐니 뭐니 해도 한양 귀신이 최고지요. 이것저것 먹거리 볼거리 놀거리 즐비하고, 뭔들 없겠어요. 없는 것 빼고 다 있지요. 사람도 많고 집도 많고 차도 많고 땅 부자, 집 부자, 돈도 많아요. 그뿐인 가요? 낮이나 밤이나 불야성이지요. 낮이면 공원에서 밤이면 생지 옥 나이트에서 심심할 겨를이 없지요.

들끓는 귀신들의 천국, 물 만난 귀신들의 낙원이지요. 자고로 도 시는 살맛이 나지요. 지글지글 오글오글 달구어진 철판 위, 나이트 에서 물오른 오징어처럼 흐느적흐느적 사지를 흔들며, 이런들 저런 들 뭔들 못해요. 날개를 맘껏 펼치고 오두방정이지요. 코로나19 이 판국에 막가파 인생들처럼, 뭣이 대수냐? 맘껏 노는 것이지요. 신 나게요.

한양 귀신이 최고지요. 북적북적 귀신들도 많으니까요. 땅 투기, 집 투기, 대명천지에 코 베어 가는 곳이 한양이랬지요. 별의별 거 지 같은 양아치 같은 귀신들이 내 맘대로 자유라는 미명 아래 저

마다 날뛰고 있지요. 천년만년 불 달구어 살겠다고, 문밖이 저승인데, 육갑을 떨고 있지요.

코로나19 시대
자숙은커녕 저리 날뛰니 어이하나요.
욕심 욕심 욕심들 작작 부리세요.
가지면 가질수록 점점 욕심이 점점 자라,
자신을 불태우겠지요.
불나방처럼, 동서고금을 막론하고 예외 없이 말이지요.
욕심이 잉태한즉 죄를 낳고,
죄가 장성한즉 사망에 이른다지요.

상생협력이라는 숙명의 대명제 아래, 하나가 될 수는 없는 걸까요? 바랄 걸 바라야지요. 저만 살겠다고 코로나19 이 시대에도 게거품을 물고 피 튀기게 난리도 그런 난리를, 저리 요란할 수가 있나요? 돈이면 다라는, 야금야금 땅 투기, 집 투기 서민들의 고혈을 빨아먹는 흡혈귀 한양 귀신들, 코로나19 시대 투기 투기 투기만은 아니 되오. 찢길 대로 찢긴 민심들, 다독여 봉합을, 너도나도 하나 되어 갈라진 민심들을 추스르길 바라지요.

하나 되는 모습에 코로나19도 기쁨으로 물러가리라!
머리를 긁적이면서, 소망을 가져 보네요.

금수강산 좋을시고 모두 모두 우리 모두 만만세지요.

만국이 부러워하는 대한민국 만만세지요.

암 그렇지요.

암 암 암요.

가짜뉴스가 판을 친다

가뜩이나 재난의 이 시기에 가짜뉴스라니 양심에 털 났는지 살펴보시길 바라네요. 얼토당토않고 깁고 깁어 짜깁기로 백성을 농락하니 오호라 말세로다. 언론이 언론다운 것은 정론직필에 있지요. 매체 매체 무슨 매체가 그리도 많은지, 일인 매체 시대로 일일이 하나하나 열거조차 힘들기가 부지기수라지요.

끼리끼리 선의의 경쟁을 했으면 좋으련만 악의적으로 구렁텅이로 인도해서야? 민의를 왜곡해서야? 언론이 살아야 백성이 살고 백성이 살아야 나라가, 나라가 있어야 백성이, 모두들 관심조차 없지요. 사족을 붙들어 매고 정신게임을 시켜야 하나요.

가짜, 거짓 정보가 나라를 망치지요.
백성을 죽이지요.
애국한 나라를
백성을

변이된 코로나19 무서운 줄도 모르고 그저 그런 별것 아닌 병인 것처럼 개무시하는 매체들 과연 그럴까요? 말초신경이나 자극하는, 좌니 우니 편 가르는 가짜정보들, 보기 좋게 쓰레기통에 던져 일거에 퇴출을 시켜야지요. 누구를 위한 매체인가? 정보인가요? 나라와 민족, 코로나19, 재난의 시기, 이럴 때일수록 신중을 기해야 지요. 나라와 민족, 초야의 민중을 위하여 올바른 정보를 제공하는 것이 언론 본연의 자세, 하늘이 내린 임무이거늘 어찌하나요. 정론직필이라는 기치 아래 명심해야지요.

엄중한 코로나19 이 시기, 우후죽순 매체를 만들어 좌우 사상에 매몰되어 아니면 말고 식이지요. 돈이 생명보다 우선일 수는 없지요. 청군 백군 좌우 편을 갈라 서로서로 옳다고 객기를 부리니 가관이지요. 뒷방에서 쉬쉬, 주물럭주물럭 밀가루 반죽처럼 조물조물 만들어 내지 말고 민족의 생존에 반하는 언론이 되지 말아요. 나아갈 바, 소망을 제시하고, 정체, 민심을 왜곡하는 누를 범하지는 말아야지요.

이제부터는 코로나19로 정쟁을 일삼지 말고 바른 정보가 생명임을 직시하고 함께해요. 문제를 삼으면 삼을수록 기세가 등등하여 우후죽순 여기저기 되살아나, 그저 조심 조심만이 살길이지요. 코로나19 시대 정보를 투명하게 공유하며, 있는 그대로 사실 그대로, 우왕좌왕하지 아니하도록 각별히 신경 써서 승리의 깃발을 함께 들어요.

코로나19 가짜정보, 정치판 가짜정보에 매몰되지 마라!
일거수일투족 감시자가 되어 빠른 승리 앞당기자!
빠른 회복을 위하여 힘을 모으자!
우리 모두 함께!

다시 엄습해 오는 코로나19

삼 일째 오백 명대 4차 유행 초입이란다. 각별히 개인위생에 유의해 달라는 정부의 신신당부, 부탁이 전파를 타고 금수강산 고을고을에 울려 퍼진다. 팔영산 장남마을 성지골 이 산골에도 경고의 나팔 소리가 들려오네요. 일각에서는 K-방역은 실패라고 비아냥으로 나발을 불고 가뜩이나 잔뜩 움츠린 민들을 마음조차 불안하게 하지요. 저의가 무엇인지 꼴사나운 일이지요.

재확산되어 여기저기 방방곡곡, 곡소리라도 난다면 퍽이나 좋겠지요? 희희낙락 경중경중 뛸 듯이, 미련한 것들 뚫린 입이라고 놀리며 장난질을, 참 딱하지요. 듣기에도 눈살이 찌푸려지지요. 말장난에 놀아나 피해를 입는 자는 누구란 말인가요? 한배를 탄 어진 백성이 아닌지요? 방구석에 꾸어다 놓은 보릿자루처럼, 팅팅 불어 터진 국수처럼 보리알 터지는 볼멘소리만, 잘도 놀아나지요. 기찰 노릇이지요.

장난이라고요? 장난 장난도 나름이지요. 장난칠 때인지 아닌지

똥오줌 못 가리는, 금수란 말인가요? 목숨을 건 일선에서 수고하는 이들에게 전혀 미안하지도 아니한가요? 엇박자에 놀아나지 말아요. 괜한 눈총 받기 십상이지요.

아무리 맘에 안 든다고 해도 깽판을 치면 누가 좋아할까요? 기고만장 활개를 치는 코로나19 아니던가요? 코로나19 앞잡이 간첩이라도, 웬수 그런 웬수는 없지요. 미련하게 아는지 모르는지? 우수수 낙엽 떨어지는 소리, 대나무 마디만 한 인생살이 별수 있나요. 언젠가는 추풍낙엽, 키 없는 돛단배이지요. 아군인지 적군인지 모르겠지요. 한평생 서로서로 즐겁게 살아가요. 악다구니 티격태격 다투지 말고 측은지심으로 서로서로 사랑으로 살아가요. 하늘이 감복하여 코로나19를, 물리쳐 줄지 모를 일이지요.

사람은 무엇으로 살아가나요?
믿음, 소망, 사랑으로 살아가지요.
특히 사랑이 없으면 앙꼬 없는 찐빵이지요.

자나 깨나 당면한 우리의 소망은 코로나19 없는 세상이지요. 답답한 입마개를 홀홀 벗어 던지는 오매불망 그날이 아니던가요? 우리의 소원은 코로나19 없는 전쟁 없는 평화, 평화가 아니던가요? 앉으나 서나 자나 깨나, 기실로 넌들 난들 누군들 그리되지 말란 법도 없으니 협력하여 코로나19 보란 듯이 평화를 누리자고요.

소망을 가져 보아요.
코로나19 없는 평화로운 세상!
기필코!

괜찮겠지 과연 그럴까요?

방방곡곡 하루에 칠백 명대, 4차 유행이 본격화되었다지요. 참말로 어찌하리요. 코로나19 이 세월을 어찌하리요. 산목숨 가련하지요. 인생은 외나무다리를 건너는 나그네이지요. 되돌아갈 수 없는 길 행여 한눈팔고 헛딛기라도 한다면, 천길만길 낭떠러지, 생사의 갈림길에서, 무슨 대단한 존재라고 무얼 믿기에 깨춤을 추나요.

목에 힘주지 마라!
팟대 세우지 마라!
엄밀히 지켜보는 이가 있으시니, 구름을 모으시고 흩으시는,
비를 내리시고 거두시는,
우주를 주름잡듯 운행하시는 조물주가 있으시니,
절대자 하나님이시다.

인생이여! 광대한 우주 시작도 끝도 없는 하나님 앞에선 티끌에

지나지 않는 존재라는 사실을, 경각에 달린 사형수의 목숨처럼 언제 어느 때 거두실지 모르지요. 잊지 말아요. 오늘도 내일도 언제나요. 코로나19 그리 만만히 보이던가요?

작금, 여기저기 헤집는 두더지처럼 삐죽삐죽 머리를 쳐들고 내미는 날엔 뽕망치로 두들겨 맞지요. 코로나19 공격에 쥐도 새도 모르게 소리 소문도 없이 아무도 없이 홀로 어찌할 바를 모르고 발만 동동, 비명횡사 요단강을 건넜다지요.

천방지축 안하무인 날뛰는 자들을 붙잡아 들이라는 하나님의 준엄하신 특명? 우주를 뒤덮고 잠잠케하시는 하나님! 불호령을 어느 안전이라고 개무시한단 말인가요? 하나뿐인 생명이 촌각에 달려 있지요.

하늘의 특사 분부를 받잡고 거침없는 불도저처럼 밀어붙이는 코로나19 개무시하지 말아요. 오랏줄에 굴비 엮이듯 줄줄이 끌려갈까, 두렵지 않나요? 설마 나는 설마, 괜찮겠지, 나는 괜찮겠지? 아니겠지 설마 나는 아니겠지? 과연 그럴까요? 어림 반 푼어치도 없지요. 비명횡사 쥐도 새도 모르게 큰코 다친다. 예외는 없지요.

자고이래 태무심 우물쭈물하다가 내 그럴 줄 알았다고 한탄 한탄 껄껄 하다가 오랏줄에 꽁꽁 묶어 끌려갔다는 후문 듣고 보면, 두 눈 부릅뜨고 정신을, 인생사 예외는 없는 법, 그들은 이미 한 줌 흙으로, 먼지로, 꽃처럼 구름처럼 바람처럼 머나먼 먼먼 우주로 사라졌어요.

오늘이 어떻는지? 내일이 어떻는지? 조심하세나! 조심조심하세

나! 쓰러질 듯 쓰러질 듯 오뚝오뚝 오뚝이처럼, 때론 질풍노도 군사
처럼 달릴지라도 이 질긴 연을 끊어 내세나! 코로나19를!

조심 덕에 산다는 말이 있듯이,
조심조심 조심 덕으로,
하늘의 불꽃 같은 은혜로,
극복하세나!
승리하세나!

210430

백신접종 말도 많고 탈도 많다

백신접종 말도 많고 탈도 많아요. 2차 접종 주사를 맞았단다. 나라의 어른이 잘근잘근 씹히지 않으려고 무던히도 애를 쓰며 백신을 맞았다네요. 1차 접종 때 백신 바꾸어 치기니 오만가지 말도 많고 탈도 많았는데, 어른이 그리 만만히 보이는지? 씹을 거리가 그리도 없어서인지요? 바짝 마른 마른오징어처럼 옷고름은, 바지 고름은 어떤가요? 씹을 걸 씹어야지 제발 자중들 하세요.

옛날 같으면 쥐도 새도 모르게, 까막까치도 모르게 끌려가 볼기짝이, 엉덩짝이 시퍼렇게 멍이 들도록 나무틀 곤장에 초죽음이 되었으리라. 얼어터지고 죽어도 말도 못 할 터, 세월 참 많이 좋아졌지요.

얼어 죽을 인간들아!
종사자들, 잘근잘근 씹지 말게나!
사필귀정, 인과응보, 코로나19에게 잘근잘근 씹힐라!

조심들 하자!

코로나19 땜시 욕보시네요. 처참하도록 죽도록 발버둥 치며 돌아오는 메아리는 구박이요. 타박이니 어디 살맛이 나겠는가? 동쪽을 잠재우면 서쪽이 불 일듯 일어나고 북쪽도 남쪽도 덩달아 날뛰니 꼴이 말이 아니지요. 최일선 불타는 사명감은 고개를 숙이고 죽을 맛이지요. 사기를 꺾지 말아요. 손해는 고스란히, 그 누구의 몫인가요? 국민이자 우리들의 몫이지요.

자다가도 벌떡, 깜짝깜짝 경기에 온 나라 신경이 꿈틀꿈틀 곤두서고, 달구어진 철판 위에 오글오글 오징어 같으니 심히 걱정이지요. 코로나19가 웬수라면 웬수지요. 벌떼같이 달려들어 아작아작 씹어도, 작작 씹어야지요. 소나무 송구도 적당히 씹어야, 먹던 껌도 적당히 씹어야 제맛이 나지요.

가십거리로 백신주사 맞지 말라고 길길이 날뛰고 국민을 통제하는 칩을 넣는다는 둥, 백신 불신 조장으로 무슨 이득을 취하겠다고 나라에 반기를 들고 야단법석인가요? 오호통재로다. 백신 불신 이제 그만, 쌍방 코피 터질 일 있나요? 염려랑 놓으시고 소망을 가져 봄이 어떨는지요. 백신접종에 소망을 가져요.

백신접종으로 정쟁 말자!
유일한 무기는 백신접종이다.
다시 소망을

어버이날 이렇게 간다

어버이날! 가족이 즐거워야 할, 뭔 땜시로 이로콤 애간장을, 대면은 고사하고 마음마저 갈라놓았는가요? 하늘이 맺어준 천륜지정, 코로나19 부모자식 간에 끼어들어 이토록 애간장을 태우게 하나요. 코로나19라는 귀신에 홀린 듯, 옴짝달싹 사족이 묶인 채로 부자유한 이런 세월이 올 줄이야 미처 몰랐지요. 그 누구인들, 사람의 생각으로는 도무지 알 수 없지요. 안다면 하늘만이 알겠지요.

생이별에 칼을 쓴 감방살이 눈물로 한이 맺힌 이산가족 따로 없지요. 구구절절 이래저래 차일피일 미루어 놓은, 할 이야기도 태산일 텐데, 요양원에 계시는 어르신들 자식 손자 걱정에 노심초사 자나 깨나 마음 졸이지요. 못난 자식들은, 코로나19 이참에 잘 되었다 싶었겠지요? 아들 며느리, 착착 죽이 맞아 코로나19 핑계 삼아 눈 찔끔 용돈이나 부치고, 척하면 구만리 오대양 육대주를, 눈치 한 번 구단이지요. 이래도 감사, 저래도 감사, 그래도 감사지요.

손자 손녀 무럭무럭 쑥쑥 크고 아들 부부 알콩달콩 찰떡 금슬로, 뭐니 뭐니 건강하면 그만이지요. 효도 효도 따로 있나요. 그것이 효도요 선물이지요. 이런들 저런들 별반 있나요. 거기서 거기 도긴개긴이지요.

코로나19 물불 가리지 않고 고을고을 치명타 급소를 얄궂게 급습하는, 때가 때인 만큼 죽어 지내야지요. 깔딱깔딱 숨만 쉬고 쥐 죽은 듯이 살아가야지요. 저 살림 저 하고 내 살림 내 하는데, 챙겨줄 것도 없으면 찍소리하지 말아야지요. 나이를 먹으면 먹을수록 귀 막고 입 다물고 눈감고 모르는 척하는 것이 최상이지요. 딸자식 손주 녀석들 저들도 생각이 다 있겠지요. 굼벵이도 밟으면 꿈틀한다고, 배울 만큼 다 배웠으니 구르는 재주가 있으면 나는 재주도, 괜한 주책바가지 오두방정, 척하면 척이라고 긁어 부스럼 만들지 말고 괜한 걱정들 하지 말아요. 굿이나 보고 떡이나 먹어야지요. 어련히 알아서 처신들 잘하겠지요.

생각은 생각일 뿐 좋은 생각만 해야지요. 이 생각 저 생각 잡생각, 이 꼬리 저 꼬리 꼬리에 꼬리를 물고, 밤마다 밤마다 밤새도록 기와집 짓지 말고 그저 그저 홀가분하게 살아가야지요. 노년에 건강, 코로나19 조심해야지요. 지지고 볶지 말고 건강하게 아무 탈 없이, 코로나19 안 걸리는 것이 도와 주는 거지요. 그리 살면 효자 효부 만드는 거지요. 부모인들 별수 있나요. 나 죽었소! 사는 것이 상책이지요.

효자 효부는 부모가 낸다지요.

옛 추억이나 더듬으며 신축년 어버이날은 이렇게 가네요. 코로나 19 너 땜시로 궁시렁 궁시렁 야속하게도 남도 팔영산 자락 성지골에서 그저 그렇게 보내네요.

팍팍 기죽어서.

210510

평강이와 소망이 이름을 짓다

평강이와 소망이는 우리 집, 개돌이 개순이의 멋진 이름으로 코로나19 종식을 기원하면서 지은 이름입니다. 그 이름의 내력을 꼬인 실타래 풀듯이 술술 풀어볼까 하네요.

평강이와 소망이, 이 녀석들로 말할 것 같으면 경남 거창태생, 거창에서 이거移去한 녀석들인데, 먼저 팔영산 성지골로 온 선발대 일진 이순이의 생질이지요. 말하자면 거창 댁 일순이가 애지중지하던 아들딸이지요. 더 거슬러 올라가면 외갓집 외할머니에게 세 공주, 딸이 셋이 있었지요. 일순이, 이순이, 삼순이가 있었지요. 그 중 일순이의 아들딸이지요. 평강이와 소망이지요.

창조주 하나님의 선물이지요. 닭돌이와 닭순이들의 파수꾼으로 일진은 똘이와 이순이, 이진으로는 지금 평강이와 소망이지요.

천지 우주 만물은 자라면 둥지를 떠나야 하는 것이 인지상정 정한 이치인 것을 어찌하겠어요. 아브라함도 본토 아비의 땅을, 고향을 떠났다네요. 일순이의 마음은 아팠겠지만, 어찌하겠어요.

이 녀석들 이거 후에 곧바로 면 주민복지센터에 가서 신고하여
야 한다기에 기왕지사, 이름을 빨리 짓기로 했지요. 개도 출생신고
전입신고를 해야 한다네요. 하! 세월이 조석지간 하루가 멀다하고
변화무쌍하네요. 코로나19 시대, 한참을 궁리 끝에 딴에는 시대가
시대인 만큼, 때가 때인 만큼 튼튼하고 늠름한 아들은 평강이, 곱
고 예쁜 딸은 소망이라고 지었지요. 짓고 보니 그럴싸하네요.

평강이와 소망이는 이래 봐도 코로나19 시대를 반영하여 근사하
게 멋들어지게 지은 이름이지요. 성가시게 굴고 있는 코로나19 전
염병을 잘 이기고 잘 극복하여, 나라 안팎이 편안했으면 하는, 소
망을 꾹꾹 눌러 담아 각고 끝에 지었지요.

첫째 평강이는
코로나19 시대,
절대자 창조주 하나님의 은혜와 평강이 임하라고,
예전처럼 아무 일 없었던 것처럼 태평성대,
평화롭게 살아가자는 것이지요.
둘째 소망이는
코로나19 시대,
어려울 때일수록 사랑이신 하나님께
소망을 두자는 것이지요.
가야 할 본향, 천국에 소망을 두자는 것이지요.
코로나19 종식을 소망하는 것이지요.

소망이 없는 인생은 절망이지요.

언제 어느 곳에서나 오대양 육대주, 나라와 민족, 우리 모두가 일취월장, 무사태평, 태평성대, 평화통일을 간절히 바라는 마음, 평화와 평강을 염원하며 되 짜고 말 짜는 숙고 끝에 지었지요. 그렇지요. 끝내 인간은 너나없이 어쩌고저쩌고 누가 뭐래도 하나님께 두고 온 본향으로 돌아가야 하지요.

결국 인간의 목표는 부활, 천국이지요.
불교에서는 해탈, 극락왕생이지요.

천국과 코로나19 종식을 소망하면서 심사숙고 끝에 지었지요. 거참 짓고 보니 평강이와 소망이, 이름 한 번 근사하게 잘 지었다고 말들 하지요. 찬사를 받을 만하네요. 누가 지었는지, 자화자찬 송구하네요. 하지만 분명 이것만은, 아무튼 누가 뭐래도 평강과 소망을 담았지요.
나라에는 안녕과 태평성대! 우리에겐 평강과 소망이 있기를, 영원 영원토록 무궁하도록 천국의 복을 누리시기를 기도하네요. 우리 모두 코로나19를 극복해요.

봄이면
벌과 나비, 산새가 지저귀는,

형형색색 아름다운 꽃이 피고 냇가에서 버들피리
만물이 춤을 추는,

여름이면
땀 흘려 매고 가꾸고, 시원한 산들바람,
보들보들 얼굴을 매만지는, 녹음방초 그늘에서,
독서 삼매경에

가을이면
입맛을 다시는 오곡백과,
이것저것 하나하나 거두어 곳간에 차곡차곡,
보기만 해도 배부른,

겨울이면 흰 눈이 펄펄 날리는,
따뜻한 정겨운 난롯불에 구수한 군고구마,
오순도순, 이야기꽃이 피는

이름처럼 여유와 풍족함을 누리시길요.

210616

드디어 1차 백신접종을

코로나19 겁박에 죽도록 목숨을 건 사투, 아비규환 최일선 전장에서 이리저리 막아도 막아도 불쑥불쑥 끝없이 밀려오는 코로나19, 마침내 백신접종으로 분연히 맞선다.

이젠 종식되려나 두 손 모아 소망을 가져 보지만, 코로나19 백신 아스트라제네카, 말도 많고 탈도 많은 겁쟁이들 호들갑에, 맞아야 할지 말아야 할지 이리 재고 저리 재고 어느 장단에 춤을 추랴? 난들 알겠소! 어찌하랴?

백신이 능사라면 코로나19 긴 터널을 지나, 다시금 서광이 비치리라! 우리 모두 그날을 위해 입마개를 벗어 던지는 해방의 자유! 기왕지사 맞을 거면 일찌감치, 매도 일찍 맞는 것이 낫다고, 용기백배 서둘러 맞기로 했지요. 홀가분하게, 쿨하게 맞기로 했지요.

공동체를 위해, 우리 모두를 위해,
이러쿵저러쿵 사기를 꺾지는 말아야지요.

위로와 감사로 입씨름은 이제 그만,

너도 맞고 나도 맞고 다들 맞아요.

우리 모두 살고나 보아야지요.

하늘이 내린 생명이잖아요.

드디어 백신접종, 원님 덕에 나팔을 불었다. 코로나19 연이은 재난지원금으로 감지덕지하던 차에, 또 한 번의 공짜, 백신접종을 맞았지요.

웬일이여! 웬 말이여! 생에 웬 떡이여! 팔자에도 없는 호사를 누릴 줄이야? 어둡던 시절, 한 세대 전만 같았어도, 바랄 걸 바라야지 어림도 없는, 만만의 콩떡이었지요. 골백번 죽었다 다시 깨어나도 나랏돈으로는 턱도 없었을 터인데, 참말로 세월 참 좋아졌네요.

아내와 둘이서 일찌감치 집을 나섰지요. 주사를 맞을 요량으로 집을 나섰지요. 오랜만에 모처럼 호젓한 나들이에 외식으로 신이 났지요. 으뜸 한우 전골로 속을 든든히 원기를 돋우고 용기백배, 임전태세로, 항간의 소문에 진통제 타이레놀을 준비하라는 말에 한편 은근슬쩍 부담이 갔지요. 행여나 마음 졸이며, 약국에서 진통제 타이레놀을 구해 보았지만 품귀라 없다고 하시며, 낱알 열 개를 거저 주시네요. 감지덕지 감사하다고 연신 머리를 조아리고 병원으로 갔지요. 타이레놀도 어렵게 준비되었겠다. 임전무퇴 의기양양, 보무도 당당하게 접종 장소로 갔지요.

문진표에 따라 문진을 받고 행여 모를 부작용에 대한 설명을 들고, 서명을 하고 코로나19 보란 듯이 네 이놈 꼼짝 마라! 대범하게 팔을 걷어붙이고, 막상 맞으려니 콩닥콩닥 쿵쿵 새가슴으로 지그시 실눈을, 감았지요. 성큼성큼 무서운 주삿바늘이 인정사정없이 공격을, 깜짝 움찔하는 순간, 어느새 한 방에 휴 한숨을 쉬며 1차 접종이 끝이 났지요. 예전처럼 자유의 날개를 달 수만 있다면, 우리 모두 공동체를 위해서, 자신을 위해서 맞으라면 맞으리라! 하는 옹골찬 각오로, 기꺼이 맞으시기를 소망하네요.

준엄하신 하늘이시여!
노하셨나요. 난리도 이런 난리를 주시나요?
어렵사리 백신접종들을 하고 있사오니 통촉하소서!
이젠 종식을, 긍휼을 베풀어 주소서!
코로나19 썩 물러가게 하소서!
영원히 범접지 못하게 하소서!
하늘이시여!

만세! 만세!
우리 모두 만만세!
백신접종 만만세!
얼씨구나!
만만세!

210628

델타 변이바이러스 출몰이요

신출귀몰 변화무쌍! 어디까지 언제까지 깽판을 치려는가? 우리네 애간장을 녹일 것인가? 유비무환, 분연히 일어서서 앞장서는 투혼으로, 다름 아닌 조심조심 또 조심을 해야겠지요. 다 잡았다 넋을 놓는 그 순간, 안심이라는 순간, 넋 놓는 방심을 틈타 요리조리 신출귀몰 귀신같이 들불처럼 번져가니 이를 어쩌나 어찌하랴?

알파, 베타, 감마, 델타, 코로나19 델타 변이바이러스 몇 번의 변신 끝에 신종으로 등장한 메가톤급 파괴력이 있다기에 화들짝 놀란 가슴 쓸어내리고 휴, 한숨만이 뛰쳐나온다. 조심은 해야겠지만 마냥 움츠리고 숨을 수만은, 마냥 넋 놓고 있을 수만은 없지 않은가? 겁먹지 말고 정신줄만은 단단히 부여잡기를 소망합니다.

마스크를 쓰지 않고 이때다 빌미를 주지 말아요. 책잡힐 일 하지 말아요. 애지중지 키워온 끄나풀 딸자식 손주 녀석들, 옜소! 한입에 바칠 수는 없지 않은가? 가슴엔 뭉게구름 스멀스멀 피어오르지요. 깊고 깊은 저 심연에서 일렁이는 물결처럼 번져만 가지요. 델타 변이는 파급력이 더욱더 뛰어나서 쏜살같이 밀려오는 쓰나미처럼 각별히 유의해야 한다는 풍문이고 보면 요주의 경고를 터부시하지 말아요.

깐죽대지 마라!
깝죽대지 마라!
깝죽대지 마라!
앉음앉음, 엉덩이를 가볍게 하라! 그래야 산다.
해지면 얼른얼른 집에 들어가라!
통금시간, 열 시 땡!
청소년은 집에 돌아갈 시간입니다.

옛 어르신들의 말씀이지요. 코로나19 시대 안성맞춤, 제격인 말씀으로 산지사방 쏘다니지 말고, 앉음앉음 어딜 가나 건들건들 잘난 체하지 말고, 퍼뜩퍼뜩 일찍 일찍이 일어나라는, 오래 머무르지 말고 가볍게 움직이라는, 그래야 산다는 말씀이지요. 명심해야지요. 하나뿐인 둘도 없는, 하늘이 점지한 귀중한 생명, 생명을 길이 길이 보전할 수만 있다면 무엇인들 참고 견딜 수 없단 말인가요? 개똥밭에 굴러도 이승이 났다고, 담대함으로 충분히 극복할 수 있다는 믿음으로 살아가야지요.

코로나19 델타 변이바이러스 확산세가 심상치 않다는 전언이고 보면, 한 단계 더더욱 더욱 조심을, 소 잃고 외양간 고치는 뉘를 범

하지 말아야 하지요. 코로나19, 이 전쟁이 이제나저제나 언제 끝날
지는, 보따리 보따리 꼭꼭 뭉쳐 놓은 아무도 알 수 없는 답답함을
풀어헤칠 그날이 속히 오기를 고대하네요.

　후련하고 홀가분하게 시원한 날 그날이 속히,
　덩실덩실 꽃가마를 타고 반드시 오리라는 소망을요.
　불 밝히고 언젠가는!

210707

호외요, 4차 대유행이요

줄줄이 줄줄이 꼬리에 꼬리를 문 긴 줄이, 꽃뱀이 똬리를 틀 듯이 구불구불 지그재그 끝도 끝도 없네요. 코로나19 확진 검사를 받느라고 장사진이지요. 대서특필 호외로 4차 대유행 조짐이라고 전파를 타지요.

종잡을 수 없는 코로나19! 웬수도 이런 웬수가 어디 있나요? 화를 내보지만 어림도, 아무 소용도 없지요. 자중 자중 또 자중 외치고 외쳐도 지나침이 없지요. 뱅글뱅글 돌아가는 빨간 경고등에 눈알이 뱅글뱅글 돌아가지요. 사대육신 신경이 곤두서지요. 에구머니 사람 잡네요. 시도 때도 없이 우째 이런 일이 도무지 알다가도 모를 일이지요.

하늘이시여!
곧 오시나요. 이때이나요?
말세 중 말세, 인간 세상 끝인가요? 그런가요. 아닌가요?

어디 한번 넌지시 말씀이라도, 귓속 말씀이라도 들려주세요.

계시로 환상으로 말씀해주세요.

답답한 가슴 어찌할 바를 모르겠어요.

머리는 방망이질로 욱신욱신거려요.

코로나19 어떻게 하여야 좋을까요?

머리를, 생각을 아프도록 쥐어짜도,

시원한 꼴 없으니 어이하나요.

하늘이시여!

찰싹찰싹 찰거머리 같은 생사를 틀어쥐고 날뛰는 코로나19, 금수강산 어쩌나 들쑤시고 다니는지 난감타! 난감타! 참말로 무슨 박멸의 묘수라도 없는 걸까요. 걸려든 인생들 영문도 모르는 채 하나둘 스러지는데, 또 제4차 대유행의 서막이라지요. 일일 신규 확진 일천이백열두 명, 이 와중에도 그저 툭하면 삿대질에 남 탓으로 제 탓은 엿 바꿔 먹었는지, 어디 가고 멱살 잡고 시비 걸고 딴지 걸고, 탓, 탓을 하다가 해 넘어가겠어요.

탓 탓이 생사람 잡아요. 호미로 막을 것을 가래로 임전무퇴 전열을 가다듬고, 목숨을 걸고 싸워도 모자랄 이 판국에 똥오줌 피아 구분도 못 하고, 멍든 가슴에 M60 기총소사를 하네요. 고삐 풀린 망아지처럼 길길이 날뛰니 난들 넌들 별스러운 뾰족한 수 없고, 어찌하란 말인가요? 코로나19 벌름벌름 코웃음, 인생 별것 아니라는 손가락질 조롱에 괜한 혈압이 험한 준령 오르듯 헐떡이지요. 돌확

에 머리를 짓이기는 듯 지끈지끈, 왈패 같은 코로나19 소문이 만방
에 무성하지요.

자중지란 웬 말인가요?

어디 혼자 살고 혼자서 할 일인가요?

서로서로 조심조심 자중 자숙,

삼가고 삼가고 골백번도 삼가야지요.

죄다 죽을 둥 살 둥 줄달음질에,

세월이 녹이 슬었는지 삐걱삐걱 정상이지 않아요.

그래도 인생사 정해진 시간 시간,

조심 또 조심 조심을 해야지요.

너나없이 쓸쓸히 뒤안길로,

너 죽고 나 죽자는 반발심에 사회는 활활 타들어 가지요.

너도 살고 나도 살아야지요. 그렇지 아니한가요?

무슨 심보들이 풀풀 시궁창 냄새를 풍기는지요.

눈 뜨고 코 베어 가는 세상?

그리 몹쓸 짓을 한단 말인가요?

파죽지세로 몰려오는 추잡하고 추잡한 코로나19이지요. 남녀노
소 전투 태세, 빈틈없는 방어 태세에 돌입해야지요. 최소한 비대면
마스크라도 철저히 해야겠지요.

승리의 굳은 각오로,

승리의 소망을 잊지 말아요.

이런 때일수록.

210720

하필이면 엄중한 이 시기에

금수강산 전국 도처 처처에 많고 많은 날 중에 하필이면 얼토당토않게 무슨 홍두깨인가요? 풀 파티니 콘서트니, 유명인들의 일탈이 심심찮게 도마에 오르내리고, 방역을 비웃기라도 하듯 사나워요. 엄중한 이 시기에 사천 명씩이나 모인다나 어쩐 다나, 생각이 있는 건지 없는 건지 야단법석을! 죽은 테스 형이라도 온다더냐? 꿈을 깨라 꿈을, 볼썽사납게, 할 짓도 없는지 낫자루가 빠졌어요.

일주일 연속 하루 확진자 천몇백 명대, 곧 이천 명대가 될 것이라고, 화들짝 놀란 가슴 쓸어내리는데, 코로나19 시작 이후 최대치라는 비보가 팔영산 자락 예까지 들리어 오는데, 날뛰는 자들, 정신줄 놓은 자들에게 머리채를 잡고 반질반질한 이마에 눈물이 찔끔찔끔 나도록 공갈 주먹으로 꿀밤이라도, 지위고하를 막론하고 뽕망치로 난타 연주라도 해야 할까 보다, 정신 차려야지요.

도처 도처에 초비상이 걸렸다는데, 강릉 동해바다 피서발 확진자들, 해남 유명사찰에서, 수도권 교회에서 어째고 저째고, 초등생들의 생일파티, 유치원생들의 과외수업 등등, 일파만파 숙일 줄 모르고 해일처럼 밀려오는 코로나19, 기세가 등등하지요. 최일선에서 불철주야 수고하는 당국과 의료계를 바짝 긴장시키고, 다수의 국민을 볼모로 시도 때도 없이 날뛰고 겁박을 주는 이들이 도처 도처에 포진을, 하늘도 땅도 무엄하시지 어찌 이런 일이 있나요.

참으로 지칠 줄, 식을 줄 모르고 줄기차게 밀려오는 코로나19, 어디 좋은 방도라도, 개탄스럽다 못해 자괴감마저 이 시국이 슬프지요. 눈에 보이지 않는 미물에 지나지 않는 작디작은 먼지보다 작은 코로나19, 속수무책 혼쭐이 나고 있으니 어디 만물의 영장이라고 목에 힘줄 수 있는가요? 그저 처연함만이 산천을 뒤흔들지요.

몸조심하며 엎드리고 차근차근 가만히 살펴보면 언제나 그 자리엔 방심이 있어요. 이제는 괜찮겠지, 나는 괜찮겠지, 설마 설마 하는 방심이지요. 끝까지 긴장하고 조심 조심을 해야지요. 꺼진 듯이 죽은 듯이 가만히 있는 코로나19 들쑤시지 말아요. 들쑤시면 들불처럼 되살아나는, 피닉스, 불사조 코로나19지요.

요상하긴 요상한 알다가도 모를 놈이지요. 엉덩이에 뿔이 났는지 용가리 통뼈인지 지칠 줄 모르는, 제철소 쇳물을 먹었는지 대장간 불똥을 먹었는지 강철 같은 센 놈임을 만천하에 자랑삼아 보란 듯이, 나 여기 있소! 천하를 집어삼키려는 얄팍한 속셈을 드러내는 코로나19 막아내야지요.

죽을힘을 다하여 성심성의를 다해 지킬 것은 지키고 모여서 쑥덕쑥덕 갑론을박, 공론질하지 말고 강 건너 불구경 무관심 무대책으로 머리 굴려 이리 재고 저리 재고 모르는 척 외면하지를 말고, 주인 없는 공사 없다고 한 사람 한 사람 주인공이 되어 발바닥에 불이 나도록 뛰어야지요. 너 나 할 것 없이요.

분야 분야 힘을 합해 기왕이면 생사를 넘나드는 최일선 전투병, 최말단 총알받이 일 빵빵 소총수로, 아니 특등사수 소총수로 최후의 보루 백병전 죽기 살기로 승리의 그날까지 힘을 합해요.

금수강산 삼천리, 이 강토에 코로나19 웬 말이냐?
도도히 흐르는 유구한 역사 앞에 무릎을 꿇어라!
주저 없이 조용조용히 사라져라!
냉큼 썩 물러가라!
미적미적 지체 말고,
용서하마 쿨하게.

210803

백신 맞을걸, 부탁 부탁을

미국에서 날아든 슬픈 비보이네요. 삼십 대 가장이 코로나19로 사망했다네요. 바이러스 총탄에 촘촘히 벌집이 되어 속절없는 마음 애달프게도, 선을 넘는 핏빛 요단강을 건넜다지요. 자의든 타의든 애석하게도 말이지요.

다섯 아이를 둔 가장, 토끼 같은 자식들, 여우 같은 예쁜 마누라, 사랑하는 가족을 뒤로하고 먼먼 나라로 갔다지요. 그 심정 오죽했겠어요. 성큼성큼 저승사자 오랏줄에 끌려가는 그 기분 꿈엔들 상상이나 했겠어요. 회한의 눈물을 흘렸다지요.

그가 죽기 전 일성!
겨우겨우 간신히 들려준 마지막 말 한마디!
"백신, 백신을 맞았어야 했는데."
눈물로 후회 후회를 했다지요.
남겨진 가족들에게 죄스러운 마음으로 후회하면서,

전철을 밟지 말라고 부탁 부탁을 했다지요.
백신 맞으라고 간절한 호소를, 간과하지 말아요.
인생사 한번은 건너야 한다지만,
돌이킬 수 없는 요단강을 건넜다지요.

이 세상 건강하면 그래도 살 만하지요. 우주를 샅샅이 뒤져도
둘도 없는 하나뿐인 지구, 하나뿐인 세상 공히 주어지는 시간인데,
애석하게도 하직을 했다니 슬픈 일이지요. 바다 건너 이야기만 아
닐 듯싶네요. 주변에서도 있을 법한 아주 아주 슬픈 이야기, 슬프
다 못해 통한의 이야기이지요. 코로나19 이 시대의 슬픈 이야기이
지요. 예고장도 없이 홀연히 닥쳐올 어마무시한 이야기로 명심해
야지요.

천방지축 뺀질뺀질 간죽간죽 깝죽이지 말아요.
심비를 깊숙이 날카롭게 새겨야지요.
백신접종, 어쩌다 부작용도 있다지만,
구더기 무서워 장 못 담그나요?
독을 봐서 원수 같은 쥐를 못 잡나요?
두고두고 후회하지 아니하도록 사회, 부모 형제자매,
불특정 다수 누구에게나, 자신일 수도 있으니까요.

손사래를 치며 이건 아니라며 속절없이 쓰러지네요. "맞을걸 맞

을걸 백신 맞을걸" 껄껄 통탄하고 후회한들 무슨 소용이 있겠어요. 눈앞에 보면서도 돌아서면 그만인걸요. 까마귀 고기를 먹었는지 그것이 인생인데, 어찌하랴 어찌하랴? 눈물이 핑 앞을 가리지요. 뿌연 안개, 서릿발같이 앞을 가리지요.

전 국민 16%는 꺼린다네요. 최후의 보루 그나마 백신 맞기를, 무슨 똥고집 똥배짱으로, 그럴 법도 하겠지만 만장에 소가 웃을 노릇이지요. 오죽하면 바보 멍청이라는 말이 생겼을까요. 정신줄 단단히 붙잡고 갈 때까지 힘을 합해요. 하늘 끝이라도 함께해요. 아직도 가짜정보에 매몰되어 자연에서 왔다가 자연으로 돌아갈 사대육신이라지만 헌신짝처럼, 버릴 걸 버려야지요.

육신은 영혼의 그릇이지요. 조심조심 다뤄야 할 질그릇, 깨어질까 조심조심 안전히 지켜야지요. 누구 마음대로 인생의 종착역, 갈 곳은 한 곳이지요. 여기든 저기든 딱 한 곳, 두루뭉술 슬금슬금 은근슬쩍 구렁이 담 넘어가듯 대충대충 그저 그렇게, 아니지요. 삶을 정하게 옥체 보전하여 자연으로 돌아가야지요. 자연의 품으로 돌아가야지요.

가짜정보가 사람 잡아요. 또 한 생명을 황천길로 저승길로 보내야만 했다는, 슬프지 아니한가요? 돈벼락을 꿈꾸는, 자극하는 가짜정보 생산자들 생사람 잡을라! 그 죗값 어이하나요? 고초의 나날 보내지 말고 조심 조심들 해요.

돈벌이에 급급해서 가짜정보를 생산하나요? 그러나요? 제 생명만 생명이라고? 귀한 알토란 같은, 남의 생명도 귀한 줄도 알아야지요. 한 번뿐인 생명 한 번 가면 그만인데, 꽝꽝 지지직 불도장 낙인에 요지부동 꼼짝달싹 못해요. 가짜정보 이제 그만! 무엇을 얻으려고 돈 돈 때문에 돈 그거 별것 아니에요. 돈 가지고 하늘나라 갈 수는 없거든요. 깨어나야지요.

가짜정보에 현혹되지 말고, 재난의 강물에 둥둥 휩쓸리지 말아요. 오늘도 한 생명이 요단강을 건넜다지요. 속이 쓰려요. 저려요. 아파요. 갈 때는 가더라도 피해는 주지 말아야지요. 사랑해야 할, 사랑하는 가족, 다닥다닥 살을 맞댄 이웃에게 최소한의 예의는, 지킬 것은 지켜야지요. 아닌가요? 코로나19 백신접종, 마스크 착용, 산지사방 쏘다니지 않는 것이 최소한의 배려, 이웃사랑이 아닐는지요?

우리들은 사랑이 없으면 살 수 없어요.

박애정신이 필요해요.

모든 것이 측은지심 사랑이에요.

사람은 사랑으로 산다잖아요. 후회하지 말아요.

우리 모두 소망을 가져요.

코로나19 이길 수 있다는 소망을요.

극복할 수 있다는 소망을요.

승리의 그날까지요.

암요.

210811

보는 자가 듣는 자가 복이지요

속보요. 속보 속보라고 경고등이 켜졌어요. 하루 신규 확진자 이천이백이십삼 명이라니, 천지개벽으로 새 판이라도 짜려는가요? 시름시름 지구 종말이라도? 하나님의 최후 심판이라도? 이를 어쩌나 이를 어쩌하나요? 금수강산 방방곡곡 고을고을 집집이, 여기저기 관아며 사업장들, 요리조리 미꾸라지처럼 억세게도 말도 안 듣던, 천방지축 날뛰던 알 수 없는 확진자들, 탄식 소리 애석하지요. 남의 일이라고 방심 말아요. 그물에 걸릴 수도 있어요. 코로나19 그물에요.

이를 어쩌나 세계만방에 고약한 코로나19, 동에 번쩍 서에 번쩍, 사람과 사람 사이 다시 들불처럼 일어나지요. 오대양 육대주 세계만국 구석구석 하루 확진자가 칠십만 명이라지요. 예삿일은 아니지요. 처연한 대처가 필요해요. 이러나저러나 문 잠그고 두문불출이 최상 중 최상일 테지만, 발 가진 짐승 두 발을 묶어 놓을 수도 가둘 수도, 더더욱 없으니 각자도생이라는 각오로 대처해야겠지요. 난감한 일이에요.

이제 깨어날 때지요.
쫑긋쫑긋 귀 기울일 때지요.
서슬 퍼런 하늘의 노하심은 아닐는지요.
누가 장담하리요. 누군들 알겠어요.
하늘의 일을 알 수가 없지요.
얼마나 타락하고 타락했으면 얼마나 눈꼴이 시면,

아둔하기 짝이 없는 인간으로서는 속수무책이지요. 무책이 상책이라고 외치는, 모두들 한심하네요. 대명천지 밝고 밝은 이 세상, 인간만의 세상이라고, 이웃은 아랑곳하지 않고 내 세상이라고 갑질하는, 우주 끝이라도 가겠다는 교만과 창조주 하나님이 없다는 무지가 가장 어리석다는데, 그저 인간이 최고라는 똥고집, 무모한 믿음으로 세상을 그릇 치지요.

하나님을 어느 집 똥개쯤으로 팔뚝질에 비아냥 조롱으로 늘 하나님 자연의 섭리를 헌신짝처럼 개무시하니, 창조니 진화니 화날 법도 하지요. 안중에도 없이 장기판 졸로 여기니까요? 역지사지, 지음받은 인간이라면 그럴 수는 없지요.

코로나19의 책무는 어쩌면 하늘 높은 줄 모르고, 어느 안전이라고 기고만장 깨춤 추는 악하고 타락한 몹쓸 인간들을 단죄하라고 보냈는지도 몰라요. 인간 세상을 회생 불능 쑥대밭으로 만들라는 것인지도 몰라요. 애석하게도 모를 일이지요. 인간은 가끔은 고난을 받아야 자신과 주변을 돌아보게 돼요.

고난이 유익이라고 했지요. 그나저나 이 마당에 아직도 코로나19 실체가 없다고 가짜정보에 눈이 멀고 귀가 멀어, 설마 설마 그럴 리가 그저 그런 농담쯤으로 여기고 하라는 백신접종, 마스크며, 거지발싸개쯤 되는 개소리로 치부하니 어디 될 법한 일인가요?

어디 맛 좀 보라는 거지요. 날뛰는 코로나19 맵고 화끈한 맛을, 꼼짝 못 하고 갇히는 철장행, 하루하루의 사투, 죽음의 공포, 하나님을 개무시하는 인간들 정신 차리라고, 오늘도 들쑤시고 다니는지도 모를 일이지요.

옛날 옛적에 소돔과 고모라가 불탈 때였지요. 하나님의 경고를 무슨 쓸개 빠진 개소리라며 설마 설마 아니겠지 그럴 리가, 사람들은 비웃었지요. 농담으로 여기다가 비호같이 달려드는 화마에 생을 마감한 어리석은 자들이 있었지요. 무지막지한 인간들이 신은 없다. 하고 하나님은 없다고 고래고래 외치던, 똑똑한 척, 잘난 척, 거룩한 척, 타락한 미련하고 미련한 이 인간들이 싸그리 심판을 받았지요. 유황불에 참변을 당했다는 성경 말씀이 있지요. 금세기에 참혹한 모습으로 발견이 되었다지요.

남의 일이 아니지요. 웃을 일이 아니지요. 코로나19 이 시대에 조심조심 무조건 조심해야지요. 자나 깨나 앉으나 서나 코로나19 이 잡놈을 어이하리오.

인간들이여! 날뛰지 마라!
까불까불 천방지축 날뛰다가 언제 어느 곳 어느 때에,
코로나19라는 미친 망나니, 미친개에 물릴지도 모를 일이다.
패가망신, 주검이 되어 거적에 둘둘 말려 쓸쓸히,
활활 타오르는 화마에 당할지도 모를 일이다.
혼자가 아니잖아요. 조심 조심조심!
너와 나의 공동체, 가족 인류를 위하여,
승리의 그날까지 쥐 죽은 듯이 살아가요.
힘들지만 우리 모두.

제 생명이 귀하면 남의 생명도

코로나19 시대 저리 저급할 수가, 산천초목도 모든 것이 움 츠린 이 판국에 생명을 담보로 한, 못된 놀음놀이를 하고 있어요. 하나님이 그저 만만한 졸개쯤으로, 튀는 일은 하지 마세요. 이젠 부디 하지 말아요. 소위 왈! 자칭 하나님의 백성이라는 자들이 길길이 무슨 억하심정으로 서울 네거리 광화문 한복판에서 태극기를 성조기를, 이스라엘기를 흔들며 날뛰는가요? 하나님의 뜻인가요? 사람의 뜻인가요?

하나님의 백성이라면 자중해야지요. 만약 코로나19의 숙주라도 된다면 피해는 고스란히 사랑해야 할, 사랑하라는 가족, 이웃에게 가잖아요. 뿐인가요? 하나님을 욕보이는 것이지요. 수치거리, 비방거리, 조롱거리, 조소거리, 말거리를 만들지 말아요. 생명은 천하보다 귀하다고, 제 생명이 귀하면 남의 생명도 귀한 줄 알아야지요. 역지사지라고 뒤집어 생각해 보면 천부당만부당한 이야기는 아니잖아요. 일고의 가치가 있고 없고를 떠나서 하필이면 엄중한 이 시기에 그리할 수 있나요? 하나님이 점지한 생명은 귀하지요. 천하보다 귀하지요.

콩이 팥이라고, 팥으로 메주를 만든다고, 우겨도 어지간히 우겨야지요. 인정할 건 인정하세요! 속 시원하게요. 케케묵은 고리짝을 들추어 무엇을 하려는가요? 온갖 것 들추니, 귀신 무서워요. 코로나19 시대 왕짜증이 살짝 살짝 세게 나네요. 코로나19 시대, 전에 없이 요란하게, 죽느냐? 사느냐? 이것이 문제인데, 이 시대에 무엇이 그다지도 억울하단 말인가요? 나라가 거덜났다느니, 공산주의라느니, 차라리 그랬으면 퍽 좋겠지요?

무엇 때문에 정치놀음에 휩쓸리는지요? 등 따습고 배부르니 뵈는 것 없는지요? 코로나19 시대 막무가내식으로 해도 해도 너무하네요. 정신들 차리세요. 슬슬 욕이 스멀스멀 기어 나오네요.

하나님의 백성이랍시고 무슨 면죄부라도 받았단 말인가요?
아님 인허가라도, 암묵적인 묵시적인 언질이라도
하나님은 한사코 그런 일이 없다. 하시네요.
하나님은 공평하지요.
믿는 자나 안 믿는 자나 이 백성들을 다 사랑하시니까요.

누구 맘대로 좌충우돌을? 한숨만 나오지요. 아무리 말의 홍수 시대라지만 입 밖에 낸다고 다 말인가요? 줏대 없이 핫바지에 나불대는 나팔수로, 믿지 않는 외인들이 보기에 낯부끄럽지 아니한가요? 만고강산 전 인류가 비웃어요. 천하 만물이, 악한 사탄마귀들이 남몰래 웃지요. 똥오줌 안 가리고 쫄래쫄래 쏘다니다가 망신 망신 개망신, 살림살이 어쩌려고 줄줄이 매달린 처자식들을, 양 떼들은 어이하나요?

길길이 날뛰다가 미자리 조자리 패가망신 뻗칠라!
조심들 하세요.
뒤집어 보면 도긴개긴 똑 부러지게 내세울 것도 없어요.
결국은 삶이지요.
몇몇이 던져 놓은 가짜정보 밑밥에 걸려,
생의 수레바퀴를 불태우는,
어리석은 거지요?
찬찬히 뒤돌아보고 생각해 보세요.
눈을 감고요.

모난 돌이 정 맞는다고 코로나19라는 정에 마빡이, 생명이, 조심조심을 해야지요. 시대 시대마다 위기는 있는 법, 인생사 순탄치만은 않아요. 바싹 엎드려 있는 것이 상책이 아닐는지요. 이를 어쩌나 이를 노심초사, 걱정이지요. 은혜로 덕으로 살아가야지요.
이러지 말아요. 사대문 안에 우글우글 모여, 누굴 위한다고, 누구를 위한 충성인가요? 하나님의 백성이라며 하나님의 말은 들어보지도 못했는지 개무시, 안중에도 없으니 천박한 사람들의 말에 휩쓸리지 말아요. 사람의 말은 사람의 말일 뿐 하나님의 말은 아니잖아요. 부디 분별하시기를 소망합니다.

과연 하나님이, 예수님이 그리하라 했을까요? 부처님이 그리하라 했을까요? 천하에서 가장 귀한 것이 생명이지요. 단 하나의 생명도 거저 옴이 없다는데, 천하보다 귀하다고 했으니 단 한 생명을 위해서라도 네거리에서 공멸의 도박은 하지 마시길 바라요. 인명은, 생사는 하나님께 달렸다지요.

자칭 하나님의 백성들이여!
코로나19 이 시대, 좌충우돌하지 말아요.
하나님의 백성이라고 함부로 말썽 부리지 말아요.
제발 제발요. 누워 침 뱉기지요. 남 부끄러워요.
자신을 위해서, 이웃을 위해서, 형제자매, 가족을 위해서요.
자신은 물론, 하나님을 한낱 조롱거리,
수치거리로 만들지 말아요.
비방거리, 말거리, 조소거리로 만들지 말아요.
하나님을 대로변 광장에다 패대기치는 꼴이지요.
그 핏값, 죗값 어이 감당하려고요.
십자가의 은혜, 무엇으로 갚을 수가 있나요?
몸소, 하나님이 정한 삶으로 살아가야지요.
고분고분 자중 자숙 쥐 죽은 듯이 살아가요.
결국 문제는 우리들의 삶이지요.

이것이 코로나19를 이기는 길이자, 사는 길이지요.

우리 모두 만만세지요.

그리하면.

자신, 맹신은 금물이지요

코로나19를 무얼 믿고 이길 수 있다고 자신하는가요? 가짜뉴스 가짜정보 퍼트리며 옹졸하게도 탱자 탱자 다리를 흔들며 시건방을, 어디 한 번 들어 보세요. 믿거나 말거나지만요. 바다 건너 천조국이라고 자부하고 자부하는, 세계 제일 최고라는 미국에서 가짜뉴스 가짜정보 퍼트리며 회회낙락거리던, 누가 뭐래도 내가 내라는 방송인들이 줄줄이 알사탕, 명태 코 꿰이듯 꿰여서 먼먼 요단강을 건넜다는 급보이지요. 못 들었나요? 팔영산 자락 예까지 전해 왔는데요.

아주 말인데요. 공중파에서 아슬아슬 선을 넘는 곡예를 하며 씨줄 날줄 전파를 태우고 쥐락펴락 들었다. 놓았다. 좌지우지하던, 둘째가라면 서러워할 내가 내라는 방송인들이 코로나19 개무시하다 비명횡사를 했다는군요. 애석하게도, 보란 듯이 코로나19의 밥이 되었다지요. 까불까불 달랑달랑, 태산 같은 소불알처럼 요랑 흔들듯이, 세 치의 혀로 대놓고 하늘의 심기를 건드리고, 차라리

내 주먹을 믿겠다고 삿대질에 팔뚝질까지 그리하고도 무탈할 줄 알았던가요. 괘씸죄로 딱 걸렸지요? 오랏줄에 가차 없이 줄소환을 당했지요.

인정할 것은 인정해야지요. 아니 엉덩이에 뿔이라도 났다는 말인가요? 코로나19 별것 아니라고 그렇게도 무시 무시 개무시를 하다가 불후의 객이 되었다네요. 무시하지 말아요. 세상 떠난 이들에겐 미안하지만, 뿔날 놈은 따로 있지요. 가짜정보 생산자 너희들을 뺀 온 인류가 코로나19 가짜뉴스 땜시로 머리빡이 터지지요. 그것 믿고 여유를 부리다간, 여차 걸려들면 생사가 경각에 달려 있게 되지요.

미국 사는 한 어머니는 열두 시간 간격으로 자신들은 괜찮겠지, 자신하고 맹신하던 두 아들을 잃었다는 안타까운 사연, 비보가 전미, 금수강산 방방곡곡, 남도 팔영산 자락 예까지 전해왔지요.

어머니의 절규!
"아! 백신 백신을, 나처럼 백신만 맞았어도."
한탄 한탄 회한의 눈물이 강을, 산을 이루었다지요.
자신하지 마라! 누구에게나 있을 법한 이야기이지만,
매를 벌어요. 매를, 그렇게 호락호락 누구 마음대로,
코로나19를 호구로 얕잡아 보다가,
저승사자의 밥이 되었다는 슬픈 이야기,
자신을 과신, 맹신하지 마라!

파스칼이 인생은 갈대라고 했다.

갈대와 같이 약한 것이 인생이란다.

제아무리 날고 기어도 인생은 뛰어봤자 벼룩이란다.

거기서 거기 개미지옥이다.

요망한 인간들! 언제부터 잘 먹고 잘살았다고 가짜정보며, 어미 아비, 선대가 살아 온 지난날들을 싸그리 개무시하고, 저 좋아라! 송두리째 지우려 하는가? 쌓아 올린 공들인 탑이 무너질 수도, 꼴에 거들먹거리다 쪽박 찰라 조심들 하시지요. 인정할 것은 인정하자! 어디 용가리 통뼈도 아니고 꼴에 목에 힘주지 말자! 그 잘난 박 터질라! 고분고분하게 순응하면 어디 덧나나요? 호랑이 굴에 들어가도 정신줄만은 잡고, 정신 차려야지요.

무슨 믿는 구석이라도 있다는 말인가요? 서슬 퍼런 하늘을 믿는다고, 한 짓을 생각하라! 무슨 짓을 했는지? 이웃의 삶은 생각지도 않고 그저 저만 살겠다고 집 투기 땅 투기 갑질을, 지난 이야기지만 나리들이 개다리소반 술상에 하나씩 꿰어 차고 앉아, 이 개차반 같은 꼴 좀 보소! 코뚜레에 족쇄까지 채우던지, 항복할 때까지 시궁창에 석삼년을 처박아 놓아야 정신들 차릴 건가요?

욕심 욕심, 욕심들 작작들 하시오. 망신살 뻗칠라 그저 조심 조심을, 낭패로다. 낭패가 이런 낭패가 있나요? 그렇다고 코로나19에 좌절하진 말아요. 어차피 때가 되면 호기롭게 훌훌 벗어 던지고 가야 할 길 가야지요. 인생 뒤안길, 요단강을 건너가야 하지요, 홀가분하게 가야지요.

코로나19 개무시하고 백신 효능마저, 누구 좋으라고 불신을 조장하나요. 낭패로다. 죽고 사는 것은 하늘에 달렸다지만 살 때까진 살아야지요. 하늘이 준 명대로는, 가족을 위해 나라를 위해 우리 모두를 위해 코로나19 박멸 승리의 그날까지, 굳건하게 살아요.

210901

2차 백신을 맞으며

준비가 되셨나요. 백신 맞을 마음의 준비가 되셨나요. 기저질환은, 고혈압 당뇨는, 약 먹는 것은 없나요. 네! 네! 네! 문진표에 갈매기 표시를 하네요. 문진 후 주사실로, 주저주저 도톰한 어깨를 드러내고 따끔 하는 순간, 됐습니다. 살살 문지르세요. 로비에 십분 있다가 이상이 없으면 가시면 됩니다. 생각보단, 약간 우리할 뿐이다. 약간의 시간이 흐르고, 다행히 별다른 부작용은 없으니 긴장의 끈을 놓는 순간, 휴 다 맞았다.

2차까지 맞았다. 쾌재를, 돌아오는 발걸음은 마치 무슨 큰 거사를 치른 말 탄 용사같이, 승리한 개선장군이라도 되는 것처럼 의기양양, 별것 아니라는, 괜찮다는 자부심을 가지고 돌아왔지요.

전 세계를 강타한 코로나19 보란 듯이 보무도 당당하게 승리감을 가지고 하루 이틀을 지내도 아무 탈이 없었지요. 무사히 사흘을 향하여, 딩동 문자가 온다. 열은 안 났나요. 피멍은, 다른 이상은 없었나요. 친절하게도 굿이다.

아직도 많은 사람들은 백신에 대한 불신으로 갈팡질팡이지요. 주저주저 마음을 졸여가며 수고하는 당국을 뒤흔들어 심히 혼란하네요. 노심초사 애쓰는 방역에 불안을 더하지요.

미접종자들이여!
백신접종에 반기를 들고 게을리하지 마라!
어서어서 나오란다.
업어치기, 한 판 붙어 보잔다.
코로나19 센 놈이, 기회는 이때다.
쾌재를 부르면서 먹을 밥이 있어서 좋아 죽겠단다.
기고만장, 물 만난 고기처럼 제 세상이다.
더욱 활개를 친다.
어서어서 백신접종!
만반의 준비를

아뿔싸! 불신의 골은 점점 더 깊어만 간다. 어디서부터 어디까지인지는 알 수는 없지만 안팎 거죽이 다르다. 종잡을 수 없는 시대, 코로나19가 남긴 또 하나의 산물이다. 불신은 불신을 낳는다. 푸른 초원을 주름잡는 양치기 소년의 교훈이 자꾸자꾸 회자되는, 아픔이다. 그래도 맞을 것은 맞자!

인명은 재천이요. 살 놈은 산다.

소망을 갖자!

위드 코로나, 코로나19와 함께!

왈가왈부 언제쯤 코로나19 퇴치할는지요. 좋다는 백신접종 마지노선은 70%라는데, 언제까지 100% 완료를, 하노라면 되겠지만 어정쩡은 금물이지요. 느긋하게 여유를 가지고 기다리고 기다려 보자 구요. 이왕이면 한시라도 속히 맞아요. 소망을, 희망을 잃지 말고요.

감기처럼 곁에 두고 함께 살자는 위드 코로나, 과신은 금물이에요. 어떤 위인이 주창하는지는 모르겠지만 코로나19 하는 꼴을 보세요. 개중에 무개념 인간들을 보세요. 여전히 우주 만물의 이치며 하늘을 개무시하는 인간들, 꿈도 야무지지요.

앞뒤 이것저것 재지 말고 파수꾼, 백신접종을 어서어서 맞아요. 지레짐작 겁을 먹고 포기 말고, 코로나19 예고 없는 기습공격에 손 놓고 속수무책, 모지리처럼 당할 수만은 없잖아요. 넋 놓고 죽을 수는 더더욱 없잖아요.

차일피일 미루다 큰코 다칠라! 누가 뭐래도 백신접종, 그것이 살길이지요. 앞다투어 백신접종, 얼씨구나 대동 세상! 한반도에 꽃이 피지요. 아름다운 웃음꽃이, 언제나 백신꽃이 만발하기를 우리 모두 기도해요.

위드 코로나, 과연 호락호락 그럴까 아서라! 얼토당토않고 미련한 괜한 소리 하지를 말아요. 물론 평생, 한 세기를 뛰어넘는다는 전제라지만 그러기엔 코로나19와 화친은 없어요. 절대로 어림도 없어요. 꿈도 야무져요. 누구 맘대로요. 심기일전 박멸의 그날까지 우리 모두 힘을 합해요.

과녁을 향해 날아가는 화살 같은 이 세월을 어찌하나요? 유비무환, 신속하게 대응하는 철통방어로 일심 일심 또 일심 마음과 뜻을 다하자구요. 코로나19 보기 좋게 극복하자구요. 흐르는 한강물에 단단한 조약돌처럼 바닷가 몽돌처럼 마르고 닳도록 담대히 일사각오로 극복해요. 너와 나 우리 모두 하나 되어, 말뿐인 위드 코로나 믿지 말고 구관이 명관이라고, 하던 대로 쭉쭉 밀고 나가요. 뚝심으로 밀고 나가요. 미련하리만치 아자! 아자! 아자!

하늘이시여!
이젠 코로나19 극복하게 하소서!
팔도강산 고을고을, 팔영산 자락 장남마을에도
능히 극복하게 하소서!
승리의 기쁜 노래가 울려 퍼지게 하소서!
승리의 나팔 소리가 울려 퍼지게 하소서!

승리의 축배를 들게 하소서!

하늘이시여!
천지 우주 만물 간에 노여움 속히 거두소서!
오죽 미련하면 젖과 꿀이 흐르는 축복의 땅
에덴에서 쫓겨났을까요?
통촉하소서!
하늘이시여!

백신 1차 접종 70% 달성이요

굳건한 대한민국! 소망이 있고 희망이 있기에 누가 뭐래도 만 만 세지요. 백신 1차 접종 70% 목표 달성 깃대를 꽂았지요. 거짓된 정보에 취해 있는, 그럼에도 불구하고 꽝! 꽝! 꽝! 기치를 올렸지 요. 못난이들의 비아냥에도 백신 1차 접종 70% 달성이라지요. 찬 사는 못 할망정 바짓단 붙잡고 늘어지는 개들마냥, 무김치 썹듯이 저벅저벅 썹어서야, 누구 좋으라고 그리하나요. 코로나19 적들은 호시탐탐 기회를 노리는데, 방망이질에 주리를 틀어 혼쭐을 내야 조심들 하겠는지요?

까불까불 달랑달랑, 촐싹대는 무개념 인간들의 행태들, 이대로 가 그리 좋은가요? 국가와 국민은, 민생은 안중에도 없고 무슨 특 단의 대책이라도, 가짜정보에 대한 엄정한 대처를 준비하세요. 백 신이며 경제며 모든 것들이 폭망했다고 쾌재를 울리며 핏대를 돋 우는 야단법석을, 거들먹거리는, 저 꼴 좀 보세요. 단 한 번만이라 도 찬찬히 살펴보세요. 백신 맞으면 부작용으로 다 죽는 양, 70%

달성에도 할 말이 있나요? 두 눈 뜨고 그래도 부정하니 아서라! 말을 말아야지요.

자고이래 내가 내라는 양반 얼치기들이여!
갯벌 수렁에 망둥이 새끼처럼, 기고만장 뛸 듯이,
날뛰면 문제지요.
날뛰면 날뛸수록 빠져드니까요. 자가당착 수렁에요.
역사가 말하지요. 나라 팔아먹는 꼴뚜기들이여!
결국 저질러 놓으면 민초들의 몫이 되고야 마는,
손발이 아프도록 일한 대가는 언제나 허사가 되고 마니까요.
일하는 자 따로, 챙기는 자 따로 있으니,
못된 것들의 행태에 아연실색이지요.
너도 살고 나도 살자!

너 죽고 내 죽는 일 그만하고, 모두 모두 일심으로 협력하여 100% 백신접종! 조기 달성 해야지요. 승리의 쾌거를 드높이 세워야지요. 진두지휘, 앞장선 이들의 노고에 찬사를, 박수를 보내야지요. 코로나19에 백신 투하, 그나마 최선책이 아닌가요? 지금으로서는 그나마 무얼 믿고 버틸 수 있겠어요?

어쩌다가 안 된다는 함정에 매몰되었나요?
어쩌고저쩌고 이러쿵저러쿵 말도 많고 탈도 많았지만,

결국 백신접종 70% 달성했지요.
힘 모아 대동단결, 코로나19 박살 내자!
온 힘을 다해 승리의 기쁨을 맛보자!
대한민국 만세! 만만세!

210921 추석에

즐거워야 할 추석이라지만

온 천하 산천이, 팔영산 자락이 고요하네요. 가끔은 성묘객이 지날 뿐, 적막이란 놈이 골짜기 산기슭을 타고, 코로나19 꿈틀꿈틀 지겨운 춤을 추고 저 좋아라! 대 명절 추석인데도 여전히 활개를 치고 있으니, 중앙재난안전대책본부로부터 추석에는 가족, 지인 간 모임은 백신접종자 포함 팔 인까지, 미접종자는 사인까지 하라고 시도 때도 없이 나팔을 부네요. 찾아올 일가도 모일 사람도 없지만, 줄곧 문자지요. 줄기차게 끊임없이 요란하지요. 팔영산 자락에도 조심조심하라고 북편 한양에서 들려오지요.

덧붙여 타지역을 넘나들 땐, 갈 때 선 검사 와서도 검사하라고, 무료 검사소가 어디 어디에 당신을 기다리고 있다고, 뜨문뜨문 친절하게 하나하나 소상히도 알려주네요. 즐거워야 할 추석이라지만 코로나19 이 녀석 때문에 쥐뿔이나 도루묵이지요.

아내는 요양원에 밥 지으러 갔어요. 명절 코 밑에 밥 짓던 이가 별안간 시위 아닌 시위를, 그만두었다나 어찌어찌했다나 이러쿵저러쿵, 민족 대명절에 어르신들 밥 굶기게 생겼다고, 추석 연휴 사흘 동안만이라도, 할 수만 있다면 계속하면 좋겠단다. 급히 통사정을 하니 이를 어쩌랴?

팔영산아! 너는 알겠지?
왜 이리, 지지리도 복도 없지요.
돈도 돈이지만 섬기는 게 좋은 일이긴 하겠지만,
늘그막에 무슨 팔자가 이리도 드세지요.
평생을 믿고 고분고분 따라온 천사 같은 아내!
갈빗대로 만들었다는 뼈 중의 뼈 살 중의 살인,
분신 같은 아내!
아무리 돕는 배필이라지만 최일선 전장으로 몰아냈지요.
나이를 먹으면 먹을수록 함께 해야 할 아내인데요.
미안타, 아내에게 미치도록, 볼 낯짝도 없네요.
보석 같은 아내를 고생 고생 생고생을 시키지요.
딸자식 형제자매, 남 보기에도 부끄러워,
어찌할 바를 모르겠네요.
못난 낯짝에 심장이 거무죽죽,
폐부가 바짝바짝 타들어 가지요.
주름진 낯짝만 긁적긁적거리네요.
죄라면 없는 것이 죄지요.
여보! 미안타!

어떤 이들은 추석인데도 땀 흘려 일해야 하지요. 슬픔과 기쁨이 공존하는 뒤엉킨 추석이지요. 그것이 조물주 하늘의 섭리인가요? 땀 흘려 일해야 한다는, 코로나19 추석에도 쉬지 않는다지요. 고단한 삶! 즐겁게 쉬어야 할 추석인데, 어쩌면 돈이 원수이지요, 돈에 아내를 빼앗기고 산중 혼자서 데굴데굴 베짱이처럼 아무도 없는, 아무도 찾지 않는, 조용한 산막에서 재잘재잘 산새 소리 들으면서 놀 수밖에 팔자려니 나이를 먹으면 먹을수록 구슬프다지요.

별 뾰족한 수가 없지 않은가? 세월을 탓하랴? 누군들 원망하랴? 어찌 어찌하다, 어떤 이들은 한 평짜리 쪽방에서, 어두컴컴한 후미진 지하방에서, 하늘이 검푸른 옥탑방에서, 숨까지 턱턱 차오르는 달동네에서, 딸자식 기다리는 노병들 빈 탄창이지요. 쏠 실탄이 없어요. 추석인데도 실탄이 없지요.

추석 밑에 소득 기준 88% 이하인 국민들에게 일인 이십오만 원 재난지원금을 주었지요. 조족지혈 새 발의 피, 언 발에 오줌 누기라지만 꿈인지 생시인지 볼 꼬집으며 감지덕지 몸 둘 바를, 언감생심이라고 떡 줄 놈은 생각지도 않는데 김칫국부터 마신다고, 말도 많고 탈도 많지요. 주면 주는 대로 안 주면 어쩔 건데요. 줄 때 공손히 받아라! 감사로, 하늘만 쳐다보다 단비가 내리듯이 그래도 감지덕지 은혜요. 감사할 일이지요. 옛날 같으면 어림도 없는 소고기 한칼이라도, 즐거운 추석이길 우리 모두 갈망해 본다.

그래도 모르는 얼간이들아! 코로나19 땜시 나라 땜시 원님 덕에 나팔을, 피리라도 불지만, 추석다운 추석이 아니라고 무릎을 세우고 우기지만 부모, 형제자매, 이웃이며 사회, 나라와 민족이 중한 줄 고마운 줄 알아라! 그중에서도 가정이 더욱더 중하다는 사실을, 코로나19, 얼토당토않은 거짓 나팔만 불지 말고 나팔을 불어도 똑바로 불어라! 이렇게 제발, 기쁘다. 대 명절 지원금에다 쉴 수 있어서 복 받은 줄 알아야지요.

전 일류 오대양 육대주, 구석구석 어디든 전선이 따로 없다. 생지옥 생이별이 따로 없다. 부모 형제 가족이 일가 친인척들이 민족과 민족이 나라와 나라가 불통이지요. 알게 모르게 산송장, 관 속의 송장이 따로 없지요. 미련한 자들이여! 조심 조심들 해야지요. 서로 왕래는 물론 어르신들의 요양원 면회까지 일일이 하나하나 신경을 써야 하니, 때가 때인 만큼 본인은 물론 타인의 알토란 같은 생명까지 거둘 수가 있지요. 야속하게도 조심할 수밖에 없지요.

이렇게 추석은 가지요.
야속하게도 팔영산 자락 성지골에도 예외는 없어요.
모질게 추석은 가지요.

어쩌다 신규 확진 삼천이백칠십이 명

신규 확진 삼천이백칠십이 명, 코로나19 발생 이래, 여차여차 최고라 하지요. 먹통을 점점 조여 오고 통제 불능이지요. 어찌하오리까? 어쩌다. 이 지경까지 오호통재로다. 아뿔싸! 어찌하오리까? 간 큰 자여! 나오라! 한판 붙어 보자는 위세이지요.

코로나19 어림 반 푼어치도, 만물을 다스리라는 하늘의 명령, 위임받은 만물의 영장 고등동물 사람이 그리 만만히 보이더냐? 어느 안전이라고, 만만의 콩떡이다. 감히 실소를, 허장성세 코로나19, 머리를 조아리며 복종하란다. 명령에 무릎 꿇고 두 손 들고 어서 항복하란다. 백기 투항 어림없다. 죽어도 꽥 하고 죽는다고 두 팔 걷어붙이고 한 판 붙어나 보자. 어서 물러가거라! 이놈! 냉큼 물러가거라!

안중에도 없이 큰소리치며 기세등등, 점점 다가오는 코로나19이지요. 깝죽깝죽 여기저기 뭐땜시 이리도 화를 돋우는가? 독이 오를 대로 오른 불편한 심기를 비아냥거리고 조롱하네요. 하늘의 대리자라도 된단 말인가? 난들 넌들 천우신조는 아닐는지요?

또다시 엄습하는 코로나19, 공포의 도가니 속에서, 분연히 살고 기죽지 않고 살아남으려면 난감하지요. 무슨 특단의 대책이라도 있어야지요. 우물쭈물하지 말고 속 시원히 대책을 마련해야지요. 조마조마 마음만 졸이지요. 부지불식간에 한 세기는커녕 청춘에 요단강을 건너갈 수도 있으니 어찌하면 좋단 말인가요. 추풍낙엽 처럼, 쭉정이처럼 훅 불면 날아갈 수도 있으니까요. 어디 기댈 구석 이라도 있단 말인가요?

인간은 목숨을 건 도박이라고 말들 하지요. 겁이라도 주면 나약 하기 그지없는 존재요, 미물에 지나지 않는 인간이지요. 하늘이시 여! 통촉하소서!

이놈 코로나19, 어찌하여 인간 세상에 나타나서 역발산기개세라 고 지구를 들었다 놓았다, 공깃돌처럼 가지고 놀듯이 놀아나는지. 미덥지 못한 작태가 아찔하지요. 이쯤이면 인간 세상! 싹쓸이 청 소라도 하겠단 말인가? 뭣 땜시로 그리한단 말인가?

인간 말상, 대책 없는 군상들아!
혹세무민 웬 말이냐?
인두겁을 썼다면, 사람이면 사람 냄새가 나야지?
사람 냄새도 안 난다는 절규가,
코로나19 이 마당에 치졸하게 굴지 마라!
가짜정보 퍼뜨리고 권모술수 끝판왕으로,

가뜩이나 살맛 나지 않도록 무슨 심보들이냐?

고약타! 가짜정보 생산자들,

코로나19 신봉자들이여 정신 차려라!

중세 흑사병처럼 코로나19는 장기 투숙하겠다고 알짱알짱 간을 보는데, 아뿔싸! 이를 어쩌나 이를! 정신 해이가 문제면 문제로다. 작은 방심이라도 빈틈이라도 보이는 날이면 어김없이 기승을 부리는 코로나19이지요. 여타 고리를 끊고 박멸까진 작은 틈새라도 허점을 보이질 말자!

다시 시작이다. 마음을 가다듬고 한뜻으로 피 터지게 싸우는 거야 죽기 살기로. 죽고 사는 것은 하늘의 뜻일진대, 두려워 말라! 전진 또 전진해야지요.

팔영산에 깃대를 꽂고 코로나19 박살을,

힘내라! 힘내, 승리, 승리하리라!

끝끝내, 끝내 우리는 승리하리라!

211004

수염은 왜 기르느냐고?

적어도 코로나19 끝날 때까진 여차저차 수염을 기르기로 했지요. 털털하게 누가 뭐래도, 문밖출입도 수월치 않은 이참에 기르기로 했지요. 코로나19 시대, 웬 수염이냐고 꼬치꼬치 묻지를 말아요. 그저 그냥 귀찮아서 기르는 거라고 생각하세요. 할 일 없이 게을러서, 딴 뜻은 상상하질 말아요.

굳이 말하자면 코로나19 군사들이 쳐들어올 때, 숲에 걸려서 넘어지고 자빠져서 코가 깨지라고, 옴싹달싹 못하도록 장애물로 기르는 거지요? 더는 물러설 수 없는 최후의 보루, 마지막 보루가 수염이라고 생각하면서요? 이를테면 말이지요.

수염이란 말이지요.

하나님이 보시기에 밋밋해서요.

어련히 알아서 꼭 필요하기 때문에,

만들어 놓으신 것이 아닐까요?

잘은 모르겠지만요.

코로나19 같은 외세의 침략자들을 막기 위해서요.

그런데 인간들이 하나님의 참뜻을 거역을 한 거지요.

이래저래 잘 보이려고 깔끔을 떠는 거지요?

잘난 척, 객기를 부려 보는 거지요.

사람들은 특히 이성에게 잘 보이려고, 비위생적이라고 지저분하다고 깔끔을 떨면서 잘난 체하는 거지요. 난 순리대로 살아가기로 했어요. 있는 그대로 생긴 대로 그저 그렇게 털털하게 살기로 했지요. 때론 까칠하고 지저분해 보일지라도 자연인이자 구도자라면 기본 중 기본으로 최대한 할 수만 있다면 자연과 닮아 가는 거지요? 자연으로 돌아가는 거지요? 유난스럽게 사는 것이 아니라면요. 어쩜 어쩔 수 없이 그렇게 살아가는 거지요? 무모할지 모르지만, 개똥철학으로 딴에, 나름 우쭐우쭐거리면서 유유자적 그저 자연과 책과 씨름하며 신나게 살아가는 것이지요.

요즘 자연인이라고 말들 하지만, 자연인의 기본의 기본은 무엇일까요? 첫 번째 조건은 용기 있게 수염을 기르는 거지요. 오해들 말아요. 하나님이 점지하시고 어버이 날 낳으셨지요. 신체발부 수지부모라고 하지 아니하였던가요? 자연에서 아주 자연스럽게 보란 듯이 그저 사는 것이지요.

수염은 아무나 기르나요. 용기가 필요해요. 때로는 큰 용기, 큰 결단이 필요해요. 말이 쉬워 자연인이지 아무나 할 수 있는 것은 아니지요. 살아 보니까 그래요. 사람의 신체발부 모든 것이 하나님의 분신이자 자연의 일부이기도 하지요? 그리고 언젠가는 자연으로 돌아가야 하지요. 흙으로 돌아가는 것이지요.

자연은 사람의 손때가 묻지 않은, 있는 그대로 원상을 왜곡하지 않는 것이지요. 하나님이 창조하신 피조물들은 할 말이 없는 거지요. 마치 토기가 토기장이에게 왜 날 이렇게 빚었소! 할 수 없다는 거지요, 토기장이 마음이니까요. 사람은 서로 사랑하고 하나님의 섭리를 인정하는 거지요? 말없이 순응하는 거지요? 그렇소이다 하고 자연인이라고 하지만 창조주 하나님의 섭리에 십분의 일도 순응하지 못하고 살아들 가지요? 쪽팔리게요. 아니 만분의 일 그 이상도 이하도 아니지요.

더러는 주변에서 자연인 방송 프로그램에 나가라고 하지요. 아내에게 자연인에 한번 나갈까? 하고 넌지시 물었더니, 대뜸 하는 말이 "전국에 쪽팔릴 일이 있어요." 핀잔을 주더군요. "전국 자연인들이 들으면 시위하러 올지도 모르니 그 말 취소하시게"라며, 그래 무슨 자연인이라고 난 자격도 없지, 진짜 자연인들 앞에 쪽팔리지, 오랜만에 둘이서 마주 보며 박장대소를 했지요. 하하 호호 신나게 웃었지요.

그저 숨죽이고 살아야지요.
하나님 앞에 찍소리 없이 고분고분 겸손해야 하지요?
머리 쳐들고 괜히 교만 떨지 말고 넙죽 엎드려 나 죽었소!

남도 팔영산 자락에서 자연과 책과 씨름하며,

조용히 살아가야지요.

수염을 기르면서 털털하게 그것이 살길이지요?

영생복락이지요?

그나저나 코로나19 언제 끝나지요? 아니면 모두 모두 수염을 기릅시다. 태초 이래, 창조 시대로부터 수염을 길러왔고 지금도 지구상에 기르는 곳도 있지요. 반세기 전만 해도 우리 조상들도 길러왔지요. 참 여자들은 대략 난감이겠어요. 수염이 없으니까요. 아무튼 방역을 위해 억지 주장 궤변으로 무모할지도 모를 일이지만, 필요할지도 몰라요. 하나님의 창조 섭리에 입각하여 순리대로 섭리대로, 은혜대로 형편대로, 그렇게 사는 거지요.

코로나19 종식하는 그날까지 소망을 가지고 살아가요.

우리 모두요.

전체 백신접종 70% 달성이요

드디어 백신접종률 국민 전체 70% 완료했다네요. 접종 시작 이백사십 일 만에요. 떡이 생기는지 밥이 생기는지 그리 그리도 잘근잘근 씹더니만, 혼연일체 하나 되어 또 한 번의 저력을 과시 했네요. 천하 만방에 보란 듯이요.

인정할 것은 인정하세요. 낯 뜨겁게 굴지 말고, K-방역 폭삭 망했다고 동네방네 방방곡곡 세계만방에 떠벌리지 말고, 어서 꼬리를 내려요. 자랑스러운 세계만방이 인정하는 K-방역, 이젠 만세 삼창이라도 해야지요. 만세! 만세! 대한민국 만세!

마냥 만세만 부를 일은 아니지요? 들려오는 소문을 듣자 듣자 하니 난리도 아니지요. 어쩐다고 그래서 어쩌라고 듣자 듣자 하니 기가 찰 노릇이지요. 코로나19와 함께 더불어 친구처럼, 이를테면 잘 지내야 한다는 거예요. 이 무슨 해괴망측한 일이람, 탁 붙어서 지내야 한다고요. 무슨 징글맞게 말이지요.

코로나19 징글징글맞아요.

모르는 척 물러설까요? 과연 그럴까요?

어림 반 푼어치도 없지, 꿈을 깨야지요.

그래서 접점을 찾아야 할 텐데, 적당한 접점을요.

이제는 너도 살고 나도 살자! 이거지요.

누이 좋고 매부 좋고, 도랑 치고 가재 잡고,

마당 쓸고 동전 줍고,

코로나19 듣고 있을까요? 허허 그것참 난감하네요.

선무당 사람 잡는다고, 입이 터져라!

대책 대책 하지만, 무대책이 대책인가요?

조심만이 살길이 아닐는지요.

글쎄, 아닌가요?

코로나19 어찌 된 놈인지? 도깨비풀처럼 끈질기게도 죽자 사자 들러붙어 함께 살아야 한다는 말이고 보면, 아뿔싸! 옆에 꿰어 차고 살 수도 없고 연인 사이도 아니고 어머나 별꼴이지요. 소름이 돋아요. 이나 저나 별수 있겠나 싶지만 어쩔 도리가 없지요.

그 거시기 백신접종 전 국민 70%가 넘어도, 꼼짝달싹 들러붙어 애간장을 태우니 어찌한단 말인가요. 무슨 방도라도, 평생 옆에 끼고 살아야 한다니! 징그럽게, 들려오는 소문에 의하면 같이 함께 살아야 한다니 물 건너 코쟁이 말로 위드 코로나, 그렇지요. 코로나19, 제아무리 백신접종, 죽어라 악다구니를 써도 물러섬이 없으니 어찌할 셈인가요? 난들 넌들 어찌할 도리가.

방심은 금물, 끝까지 견뎌야지요.
그래도 소망을 갖자!
기어코 끝끝내 끝내 이긴다는,
소망을!

211125

확진자 최고 수치를 넘나들다

　며칠째 연속 삼천 명대를 지속하고 있지요. 피 끓는 애간장을, 이리도 속을 썩이고 있어요. 이를 어찌하겠어요? 어쩌다 탄식 소리만 허공을 빙빙 맴을 돌지요. 금수강산 여기저기 볼멘소리 탄식 소리만, 꺼이꺼이 하고요.

　금수강산 따르릉 전파를 타고, 따뜻한 남쪽 나라 고흥반도 여기까지 들려오네요. 팔영산 중허리를 휘감아, 감싸돌고 빙글빙글 따르릉따르릉 맴을 돌지요. 뛰쳐나온 산짐승들 영문도 모르고 뛰기 시작, 무슨 일이람? 코로나19 대폭발이라네요. 휴 깜짝이냐? 괴성을 지르지요.

　코로나19 허공을 가르며 푸하하 푸하하 비웃기라도 하는 듯이, 인간 말상들아! 맛 좀 보라며 연신 보골을 채우네요. 끊임없이 추잡하게 얄밉게 화를 돋우지요. 하루 확진 사천 명대를 넘보며, 내달 어쩌면 칠천 명대도 될 수 있다지요. 코로나19 협박에 움츠리고, 바싹 몸을 낮추고 엉금엉금 기지요. 치졸할 정도로 머리를 숙여 보지만 일언반구도 없이 쉬 떠나지도 않는 코로나19, 드디어 오기가 나네요. 너 죽고 나 죽자고, 세월을 탓하랴? 이것저것 무엇을 탓하리요. 자업자득으로 우리 모두의 잘잘못은 아닐는지요? 반목하고 갈라서고 찢길 대로 찢긴 민심, 깁고 기워서 이참에 복원해야지요. 무심타, 코로나19! 어찌하면 좋을까요?

세월아! 세월아!
손 놓고 뒷짐 지고 수수방관,
무지막지, 마냥 기다릴 수조차도, 무엇으로 막으리오.
호미로 막을 걸 가래로 막으려는지,
맞으라는 백신은 왜 아니 맞고 나 몰라라 하는지요.
악독한 코로나19 낭설이라고 배 째란다.
오늘도 제명에 눈 못 감고 픽픽 쓰러진다는데,
무슨 근거로, 무슨 똥배짱으로,
백신접종 마다하나요.

애당초 다잡고, 나 죽었소! 꼬리를 내리고 두문불출이라도 하든지요. 이것인지? 저것인지? 이러지도 저러지도, 설상가상 낭패 낭패로다. 오늘도 들려오는 비보만이 남도 끝자락 팔영산 자락 언저리에, 스산한 바람이, 성지골 골짜기를 타고 흐르네요. 코로나19 야비함만이 넘실넘실 춤을 추지요. 이쯤 떠나면 양반 소리라도 들을 테지만 끝까지 버틸 셈인가요?

코로나19 네 이놈 썩 물러가라!
웬수 맺어 우짤 건가? 이쯤에서 슬슬 물러서길,
아등바등 살겠다는 인생들이 불쌍치도 아니한가?
이쯤에서 물러서길 이렇게 빔세!
두 손 모아 싹 싹 싹!

새 변이 오미크론이 뭐시여!

몇 번을 들어야 말해야 알 것 같은 그 이름도 요상타 못해 별꼴이지요. 얄미운 코로나19, 언제 개명했는지 너 이름이 오미크론, 세상에나 망측해라. 그러면 그렇지, 바다를 건너온 꼬부랑글씨잖아, 그리스 알파벳이라네요. 델타에서 건너뛰어 오미크론이라는 이름으로 짠하고 해괴망측하게도 되살아난 망령이라네요.

끝없는 변신 언제까지, 참말로 못 말려, 신출귀몰 동에 번쩍 서에 번쩍 귀신이 곡할 노릇이지요. 초주검 반쯤 잡아 놓으면 되살아나고 되살아나서 활개를 치네요. 인정사정없이 완전히 먹통가지를 끊었어야 했는데, 소나무 떡 안반에 떡 메치듯 떡 떡 치고 잘근잘근 짓이기고 짓이겨 놓아도 새로운 이름으로 보란 듯이 되살아나니 이를 어쩐다. 어이하리오.

오미크론 코로나19, 괴물도 이런 괴물이 대서특필, 지구촌이 공포의 도가니에 아수라장, 이런 난장판이 어디 있나요. 세계만방이 화들짝 놀란 가슴 끌어안고 난리 난리 이런 난리도, 금세기 들도 보도 못한 코로나19 오미크론 어디 두고 보자! 큰소리라도 쳐 보지만, 이 녀석 코로나19 어찌하면 좋단 말인가요?

코로나19 한 줌 움키기라도 한다면
푹푹 삶기도 하고 바싹 굽기도 하고
팔팔 끓는 물에 이리저리 데치기도 하련만,
이것만으로는 안 된다니
닭 쫓던 개 지붕 쳐다보듯이 난감이지요.
이참에 두문불출이라도, 아니, 아니 말이 쉽지,
목구멍이 포도청이라 난감하지요.
동맥과도 같은 돌고 도는 경제활동이 멈추면,
옛날처럼 농경시대도 아니고,
그럴 수는 없잖아요.

설상가상으로 한양에서 바람을 타고 들려오는 소문에 코로나19에다 주가 폭락, 물가 급등 이것저것 임기 말, 간을 보고 들썩들썩 이중고 삼중고 팍팍하기 그지없어요. 우리네 안방 경제는 어이한단 말인가요. 코로나19로 어처구니없는 일이라고 하겠지만 어디 숨조차 마음대로 쉬겠는지요? 깔딱깔딱 한숨만 깊어지는 코로나19 오미크론, 징글징글하지요. 이젠 각자도생 알아서 해야 할 것만 같은, 나라 안팎을 조여 오는 코로나19, 섬뜩하리만치 너나 나나 조심 조심이 최상이지요.

이 난리통에도 코로나19를 이용하여 활개를 치는 불순한 저의가 있다면 발본색원 일벌백계 가차 없이 응징을, 우리의 공동체를 위해서 말이지요. 난리 통에도 적국에 붙어먹고 동족 말살에 해악을 끼친 과거사에 동조하는 소인배들의 불장난에 놀아나진 말아야지요.

패악질에 붙어먹는,
꺼져라! 썩 꺼져! 지구 밖으로!

211231

양력 섣달 그믐날!

섣달 그믐날! 이래저래 뒤돌아보니 만감이 교차하는 모질 게도 질긴 인생살이, 수제비 밀반죽처럼 차져서 허망하기 그지없네요. 코로나19 언제 종식되려는지요. 한스러운 한 해, 한 해를 또다시 보내면서 다시 임인년에는 종식을 소망해 보네요.

코로나19로 팍팍한 살림살이 조금이나마 보탬이 되고, 나라 경제, 지역 경제 살리겠다고 나라 곳간 열어서 고을고을 집집이 살포한, 코로나19 지원금이 있었지요. 코로나19가 안겨준, 말 짜고 되짜서 이름하여 코로나19 재난지원금이지요. 팍팍한 살림살이에 요긴하게 이리저리 쓰다가 지원금 잔액이 칠천백오십 원이 남았네요.

양력 그믐날 넘기면 자동 소멸이라네요. 잔액을 비워야 한다기에, 칠천백오십 원 이 해가 가기 전에 냉큼 쓰기로 했지요. 서둘러 마트에 당도하니 늦은 저녁이라 한산하네요. 이것도 저것도 하나둘 주섬주섬 장바구니에 가득가득, 남은 지원금 쓰려다 배꼽이 커졌지요. 아뿔싸!

코로나19 박멸은 고사하고 돈만 썼지요. 어찌하여 해를 넘기나 싶지요. 또 한 해를 치렁치렁 매달려 질질 끌려가는, 이리저리 널브러진 파편들, 대관절 이를 어찌하리오 슬프지요. 아무리 표정을 감추려 해도 우울하기만 하지요.

냉수 마시고 정신 차리자! 툭하면 손발 따로 입 따로 게거품에 악다구니 이골이 났는지, 해괴망측한 코로나19, 따르릉따르릉 팔도강산 전국이 요란하지요. 코로나19 종사자들 행정에 이르기까지 사기진작은 고사하고, 사기를 꺾을 태세이니 어떻게든 흠집을 내며 기를 죽이지요. 코로나19는 기승을 틈타 파죽지세로 달려들지요. 얄팍한 정치적 목적이 그야말로 기상천외하네요. 선거가 다가올수록 혼전이네요.

곧 새해다 코로나19 앞에서 사분오열 찢어지고 갈라져서야, 국민 앞에 겸허히 방역만큼은 하나 되어 국민을 안심시키고 소망을 주어야 하는데, 흔들고 흔들어서 다 먹게 된 밥에 재 뿌리려는 것인가? 방역에 여야 따로 없다. 정치 이용은 금물이다.

너도나도 코로나19 이 판국에 주둥이를 맞대고 설전을, 바람 잘 날 없지요. 연말연시 조용조용 보낼 수는 없는 걸까? 다가오는 임인년 새해에는 코로나19도 물러가고 주름진 모든 일들 팍팍 피기를 소망해 보네요.

하늘이시여!
새해에는 환난에서 벗어나게 하소서!

새해에는 코로나19 종식되게 하소서!
세계만방, 만백성이 흘리는 눈물을 거두어 주소서!
당신의 사랑을 보여 주소서!
새해에는
하늘이시여!

코로나19, 장남마을까지 침투하다

드디어 올 것이 오고야 말았어요. 코로나19 소리 소문 없이 심장을 옥죄어 오네요. 그야말로 범접지 말아야 할 신성한 안방까지 침투, 옴짝달싹 들어앉을 모양새이지요. 안방까지 내어 주다니 더는 물러설 수 없지요. 코로나19 패악질에 어찌하면 좋단 말인가요? 참말로 대략 난감이지요. 아뿔싸! 어찌한다. 이런 일이 코로나19 병정들이 금수강산 속속들이 침투하였지요. 우리들의 생활 터전 마을까지, 더는 물러설 수 없는 안방까지, 남도 팔영산 자락 땅끝까지 확전이지요.

해이해진 방역 민심에 가타부타 정치 싸움에 틈을 타고 깊숙이 칼을 꽂고 어디 한번 덤벼 보라는 위세이지요. 여차하면 폐부를 찌를 기세이지요. 마을 인명부를 들추어 가며 속속들이, 오늘은 누구, 내일은 누구, 꼭꼭 짚어 가며 심장, 폐부를 공격하니 꼼짝없이 당할 수밖에 없지요. 따르릉 입소문은 금세, 조용하던 마을을 휘감아 덮치고 밀물처럼 휩쓸고, 초토화시키겠다는 각오로 가던 해도 주춤주춤 낯빛이 붉어지지요. 삼삼오오 수군수군 오랏줄에 대롱대롱 매달리는 꼴이 되고 말았지요. 또 어디를 공격할 것인가 두리번두리번 살피고 있지요.

코로나19 어느 곳이라도 요리조리 비집고 샅샅이, 팔영산 자락 성지골에 은거한 내게도 호시탐탐 기회를 엿보고 있지요. 뚜벅뚜벅 턱밑까지 옥죄어 오는, 비켜 가기만을 간절히 바랐었지요. 처연함만이 온통 밀려오지요. 모질게 다가오지요.

급히 서둘러 코로나19를 잡아야지요. 대항 군사들을 일으켜 진을 치고, 줄달음으로 하나둘 마을회관에 모여들고, 내일이면 또 몇명이나 점령되었을지? 총성 없는 전쟁이 마을을 휘감아 돌아가지요. 하나둘 머리를 떨구지요. 말이 없지요. 대역 죄인처럼요.

급파된 군사, 보건 요원들이 분주히 하나둘 준비를 하고 인명부를 보며 한 명 한 명 이 잡듯이 집집이 코로나19 박멸을 위해 샅샅이 들추어내지요. 꽝꽝 팡팡, 소독 연막탄이 터지고 급기야 입과 코에 솜 막대를 들쑤시며 끈끈한 점막을 사정없이 후비지요. 아프지만 어이하리요. 조여오던 쫄깃한 심장이 풀어지고 음성! 음성! 음성! 꽝! 꽝! 꽝! 통과 살았구나! 안도의 한숨들을 후! 후! 후! 쉬지요.

끝났다고 끝난 것이 아니에요. 언제 또다시 일순간에 인해전술, 떼거리로 몰려올지 어이 알아요? 난들 넌들 내일 일을 어찌 아나요. 하루하루 철통방어, 쉼 없이 만전을 기해야 하지요. 유비무환이라 했던가요? 미리미리 전열을 가다듬고 고군분투 틈이 없는 철통방어를 해야지요.

확인 또 확인, 조심! 조심!
사노라면 이런 일 저런 일 다반사라?
장남마을이여! 그렇다고 기죽지 말자!
무사태평 영원하리라!

코로나19 시대! 탁월한 능력자를

사랑하는 그대들이여! 이 시절을 어찌하면 좋단 말인가요? 넘실 넘실 몰려오는 파도처럼 코로나19 오미크론 어찌한단 말인가요? 붙잡히기라도 한다면 좋으련만 눈을 씻어도 오리무중이지요. 허탈 이란 놈이 산허리를 돌아 안개처럼 밀려오지요.

죽을 둥 살 둥 살아가는 이 세월에 엎친 데 덮친 이 세월이 야속 타 못해 죽을 맛이라는 자조 섞인 저 푸념들 들리는가요?

아뿔싸! 이를 어찌하리요? 코로나19 이 세월을, 한편에서는 정쟁 으로 몰아 판을 뒤집으려는 불순한 저의, 못되고 못된 위정자들, 코로나19 민심을 왜곡하여 표를 얻으려는 저 군상들을, 선의의 정 쟁은 어디 가고 악다구니 감언이설로 민의를 대표하겠다며 한심하 지요. 대의는 어디로 갔는가? 민족을 위한 대의는 어디로 갔단 말 인가요.

선거는 코앞으로 저벅저벅 다가오는데, 민의를 대표한다고 했던 짓들을 생각해 보라! 귀염받을 짓들을 했는지? 떡 줄 놈은 생각지도 않는데 김칫국부터 웬 말이야? 애당초 생각지도 말아라! 작작들 좀 해라? 어지간히 날뛰고 구걸해라! 누구나 출마해도 간택은 단 한 사람, 코로나19 박멸에 탁월한 능력자 누구인가요? 건질 자 누구인가요? 그간 행적을 보라! 역사의 수레바퀴는 돌고 돌아가지요. 역사를 반면교사로 삼고 주권 행사 제대로 해야지요. 암요. 그래야지요. 참말로 진실로⋯.

하늘이시여!
팔천 명을 넘나드는 이 시국에
도처에서 귀를 막고 눈을 멀게 하는 가짜뉴스,
가짜정보, 가짜 약들을 먹이고 있사오니, 통촉하소서!
이번만큼은 당신의 선택을 믿나이다.
만방에 이 민족을 대표하는
어디에도 꿀리지 않는 지도자를 세우소서!
갈라진 민심을 하나로 통합하고 미래를 내다보고,
백 년을 설계할 수 있는 안목을 가진 자를 세우소서!
그가 누구인지요?
과부와 고아를 살피고,
저들의 마중물이 될 수 있는 자가 그 누구오리까?
과거가 아니라 미래로 나아갈 수 있는 자를 세우소서!
하늘이시여! 이번만큼은!

코로나19 득세에 주눅이 들어있는 동포여!
코로나19와 맞서 싸워 승리하자!
천지 우주 만물 간에 으뜸은 사람이 아니던가?
나약한 존재이기도 하지만 심기일전 극복하자!
선거도, 코로나19도, 약발이 팍팍 나도록 뛰자!
대한민국이 웃는 그날까지!

220220

사흘 연속 십만 명대

어언 이년이라는 금쪽같은 세월이 지나갔건만, 일일이 여삼추요 일 년 일 년이 고통이지요. 코로나19는 도무지 물러설 기미가 없지요. 하늘이 노해서도 단단히 노하셨는지? 도무지 대책이 없어요. 무대책이 상책이라고 말들 하지만 그러기엔 너무하지요.

폭증 폭증 들려오는 소식에 겁 시나 주눅이 드니, 호랑이를 만난 듯이 오금이 빠작빠작 저려오지요. 코로나19 박멸은 가도 가도 멀어만 가니 이 일을 어이 어이 하나요.

이러다간 오천만 민족이 위태롭지요. 남아날 자 그 누구란 말인가요. 천지개벽 일어날 듯 인간 세상 화가 아닐 수 없지요. 죽을 자는 죽고 살 자는 산다지만 어찌 불 안 불안 오금이 저려, 모래를 씹듯이 영 밥맛이, 영 살맛이 없지요. 아리랑 고개를 넘었는지 옛날 같지 아니하니 이 또한 화가 아닐 수 없지요.

하늘이 무너져도 태산이 무너져도 솟아날 구멍이 있다지요. 와우아파트가 무너져도, 삼풍백화점이 무너져도, 성수대교가 무너져도, 대연각호텔이 불타도, 살 사람은 살았다 하지요. 죽는 자만 슬프다 하지요.

어떻게 하든 살 사람은 살아가겠지요. 우리 함께 살아가야지요. 문명의 세계, 손에 손잡고 나아가요. 코로나19에 무너져서야, 만물의 영장이라는 사람들이 천손이라는 자들이, 아니 되오. 아! 이럴 수가? 박멸해요. 코로나19 박멸해요. 비호같이 날아가는 바퀴벌레 같은 코로나19, 이 잡듯이 힘을 합해 우리 모두 코로나19를 박멸해요. 극복해요. 우리 모두 극복해요. 오체투지 배를 붙이고 무릎으로 기어도 살 수만 있다면, 하늘이 정한 섭리거니 순응하며, 어쩔 수 있겠어요. 투지만은 영원불멸 불사조처럼 코로나19 극복해요.

힘을 내요.
우리 모두 소망을 가져요.
소망이 없는 자는 죽은 목숨이요.
하루하루 하루살이 인생이라, 이제나저제나 사는 날까지,
산 자여! 소망을, 소망을 가져요.

코로나19 알다가도 모를 일,
웬 놈이 끝도 없이 징글징글하지요.
감염자가 급속히 확산일로로 십만 명이라지요.
다시 한 번 전열을 가다듬고,

심기일전 죽기 살기로 대처해야지요.
코로나19 박살 내자! 박멸의 그날까지
우리 모두 힘을 합하여!

2220301

선거를 앞두고, 선거가 답이다

코로나19 시대, 근대를 현대를 우리는 보았지요. 오롯이 침탈의 역사를, 군부독재를 보았지요. 고통의 일상을 보았지요. 저들의 간악함을 우리는 보았지요. 때가 때인 만큼 정신줄 놓지들 말아야지요. 들을 자는 들어라! 늙은이 주책쯤으로 치부하지 말고, 입만 더러워지지 않게 역시나 하지 않기를 기대하지요.

정치, 경제, 사회, 그리고 특히 주권 행사 선거는 크게 인생사 생사가 걸린 문제지요. 과거가, 역사가 그랬고 현실이 그렇지요. 정치! 선거! 어느 집 똥개 이름은 아니지요. 앞집 발바리 뒷집 똥개가 하는 것은 아니지요.

호의호식이나 꿈꾸는 자들이여!
정치, 선거, 입에 올리지도 마라!
그저 오로지 입신양명을,
부귀영화를 위한 꼼수에 지나지 않는 수작들을 하지 마라!

어느 안전이라고 국민 앞에,
나라야 지방이야 국민이야 어찌 되었건
임시 이익 줄 놈이 어느 놈인지
줄타기에 여념이 없는 자들,
입만 가지고 눈만 꿈벅꿈벅이는,
그놈들의 몹쓸 놀음판에 휩쓸리지 마라!
지조 없이 건들면 발라당 넘어지는 똥개가 되지 마라!
감언이설 유혹에 정신들 차려라!

똥개 새끼 똥 냄새 맡으며 주둥이를 끌고 킁킁거리며 싸돌아 치는 그런 놈들이 정치 망치고 양두구육이라고 앞뒤가 다른 보잘것없는 놈들이지요. 몹쓸 놈들이지요. 바른 정치니 공정이니 정의 사회구현이니, 지고지순 거룩한 척 그럴싸한 간판 뒤에 숨어 못된 짓만 하는 놈들 가려내야지요. 죽을 때까지 속을 건가요?

그리 당하고도 아직도, 인간은 실제로 일 잘할 놈은 싫어하는 법이지요. 콩고물은커녕 여차하면 감방 가게 생겼거든요. 덜커덩 철커덩 철창문에 들어가긴, 푸줏간에 끌려가긴 죽어도 싫거든요. 저 죽을까 끝까지 막무가내 우기며 꼴에 버티는 거지요.

인면수심 철면피,
할 짓 다 하고선 오리발에 거룩한 척,
얼굴에 똥칠갑,

이름에 똥칠갑,

조상에 똥칠갑,

하늘에 똥칠갑,

그것도 낯짝이라고 명예라고 못된 놈들 간악한 놈들,

저들만의 놀음놀이에 놀아나지 마라!

핫바지 노릇, 로봇짓,

줏대 없이 지조 없이 왔다 갔다 돌고 도는 물레방아,

그 누구인가 분별하기를,

놈들 정신에 놀아나지 마라!

토사구팽당할라? 보기 좋게 버림받는다.

정치! 민생정치! 밤새도록 고민, 고민해도 모자랄 판에, 평소 뭘 보고 살아가는 건가요? 엉뚱한 짓 한눈팔지 말고 면밀히 살폈다가 선거 때 얄짤없이 갈아치워야지요. 안중에도 없이 국민 무서운 줄 모르는, 본때를 보여야지요. 얼씬도 못 하도록, 고약한 냄새, 똥오줌 앞뒤 분간도 안 되던가요? 인생, 살 만큼 살아 놓고 꼰대 소리 듣지 말아야지요.

나이는 똥구멍으로 먹었나요? 정신은 엿 바꿔 먹었나요? 똥개 망개 따로 없지요. 우라질! 아! 입맛이 쓰지요. 저들이 던져 놓은 가짜정보 밑밥에 입아귀에 손아귀에서 놀아나는, 이를 어쩐다. 이를!

주권 행사, 선거는 민주주의의 꽃이요. 선거가 답이지요. 뭐니 뭐니 해도 선거가 나라를 사람을 살리지요. 후회하지 말고 이번만은 확실히 꽝 꽝 꽝! 코로나19 시대 지도자가 중하지요. 아무리 강조해도 지나침이 없지요. 우리는 보았지요. 암 암 암요.

220309

역대 최다 삼십사만 이천사백사십육 명

우짜노, 웨매 기죽어, 참말로 기가 넘어갈 지경이지요. 기가 차고 똥 찰 노릇이지요. 역사 이래 이런 날벼락도 있나요. 코로나19 네놈이 만물의 영장 사람을 이리도 무색하게 하다니, 이토록 경기를, 맙소사 미칠 지경이지요.

코로나19, 아닌 밤중에 웬 홍두깨야? 오밤중에 날벼락도 유분수지요. 하루 확진 삼십사만 이천사백사십육 명, 이러다간 전 국민 환자에 한 마을 한두 명씩 뒤안길 가게 생겼으니 이야말로 줄초상, 상여 소리, 통곡 소리가 방방곡곡에 울리겠네요.

오늘도 예고 없는 출두 명령, 소환장에 바람이 일지요. 환송 없는 주검으로 서글픔 꾸역꾸역 삼키고, 놓아주어야만 하는 손은 파르르 경련을 일으키지요. 아! 아! 아! 하늘이시여! 네 이놈 코로나19 살리자는 거냐 죽이자는 거냐? 지엄하신 하늘에 후한이 임하기 전에 썩 물러가지 못할까 간을 봐도 유분수지, 예끼 이놈!

윽박지르고 죽일 듯이 겁박을 주어도 살살 얼러 보아도 소용없는, 눈만 치켜 부릅뜨는 코로나19, 눈치코치 없는, 기약도 없이 언제쯤 물러가려나요?

하늘이시여!
부디 통촉하소서!
다스리고 생육하고 번성하라시며,
어이하여, 작디 작은 미물에게
속수무책 당할 수밖에 없는 처지로 버리시나이까?
싸워 이기게 하소서!
부디 승리하게 하소서!
코로나19 패악질을 더는 묵과할 수만은 없잖아요.
산 높고 골 깊은 구석구석까지 샅샅이 파고든 코로나19,
이제 더는 아니 되어요.
바닷가 마을, 섬마을까지 파도를 타고 보란 듯이
유희를 즐기는 볼썽사나운,
보면 볼수록 속이 뒤틀리는 얄미운 코로나19,
이제 더는 만나지 않게 하소서!
하늘이시여! 하늘이시여!
통촉하소서!
이제 더는 아!
이제 더는.

소망을 갖자!
믿음을 갖자!
절망 속에서도 꽃은 피어나고 지듯이,
해와 달이 뜨고 지듯이,
변함없는 불변의 진리,
언젠가는 반드시 승리하리라!
기필코 기필코,
승리 승리를!

건강이와 행복이 집에 오던 날!

오후 나절 오랜만에 길을 나섰지요. 이리저리 휘돌아 강진군 대구면으로 길을 나섰지요. 웬일로요? 웬일이요? 해가 서쪽에서 뜨겠소! 암시롱 코로나19 시대라 날카롭게 신경을 쓰며 조심을 하며 길을 나섰지요. 오랜만에 콧바람도 쐬일 겸, 예쁜 아기들을 만나 집으로 데려오기 위해 코로나19 입싸개를, 정신 무장을 단단히 하고, 저벅저벅 길을 나섰지요.

한적한 시골길, 마침 바람이 살랑살랑 불고요. 눈을 지그시 감은 해님도 쌍수를 들고 응원을 했지요. 가로수들도 두 손을 들고 손뼉을 치는, 만상들의 응원 속에, 두 시간여를 가서야 기쁨으로 아기들과 첫 만남을 가졌지요. 갑자기 별안간 웬 낯선 사람이, 수염이 하얀 할아버지의 등장에 천방지축 날뛰며 놀다가 화들짝 놀라 어리둥절 심드렁하게 바라보네요. 영문도 모르는 채 쳐다보네요.

이내 아기들이 엄마 아빠 주변을 맴돌며 뒤엉켜 어우닥질 삼매경에 시간 가는 줄 모르네요. 천진난만한 것이 귀여워 보이네요.

이내 선택의 시간이 주어지고 고민 끝에 그중 제일 얌전한 순하디 순한, 자매 두 녀석을 데리고 왔지요. 오는 내내 얼마나 얌전하던 지 걱정될 정도로 조용하고, 기특하게도 말썽 없이 잘 데리고 귀가 했지요.

오는 내내 이름을 지어야 하는데, 지어야 하는데 고민 끝에, 음, 딱이야! 생각이 났어요.

건강이와 행복이, 참말로 멋진 이름이지요.
코로나19, 처절한 이 시대에 안성맞춤 딱이지요.
모두 모두 건강하고 행복하라고,
건강해야 행복하고, 행복해야 건강하지요.
옳거니 좋아! 좋아! 아주 딱이지요.

세월이 많이 변했구나! 싶었지요. 저도 많이 변했지요. 전에는 집짐승들을 싫어했는데. 특히 키운다는 것은 책임이 따르지요. 사람에게 기대어 살아가기에 늘 망설이곤 했지요. 살다 살다 이게 웬일인가요? 집짐승들을 기르고 있으니, 이는 이래저래 삶이 밟히고 밟혀서 낮아지고 낮아져서 가능한 것은 아닐는지요? 아님 나이 탓인가요? 녀석들과 동무 삼아 손녀 삼아 이제 우린 한 식구이지요. 한 가족 한솥밥 먹는 거지요. 피를 나누지는 않았지만, 종은 다르지만, 우린 사랑으로 뭉친 손녀와 할아버지 사이지요. 누가 뭐래도 기죽지 않고 잘 살아가는 거지요.

애들아!

건강이, 행복이!

우리 모두에 건강과 행복, 인류의 평화,

코로나19의 종식을 소망하면서,

팔영산 자락 할아버지, 노구의 뜨락에서

오래오래 건강하게 행복하게 살아보자!

이 생 다하는 그날까지,

얼씨구나! 좋다 지화자!

우리 모두 만만세!

좋을시고!

220502

건강이와 행복이가 입주를

건강이와 행복이의 입주를 축하해 주세요. 코로나19 시대라지만 입주를 축하해 주세요. 할아버지가 지어 주신 예쁜 집에 입주했어요. 입주 선물은 정중히 사절이에요. 섭섭하겠지만 어쩔 수 없어요. 코로나19 시대잖아요. 어제는 집이 없어서 고생했는데, 아니에요. 할아버지 방 침대 밑에서 잤어요. 잘만 했어요. 쌕쌕 곤히 잤어요. 가끔 잠꼬대도 하면서요. 할아버지께서 예쁜 집을 뚝딱뚝딱 급하게 금방 지어 주셨어요. 할아버지가 손재주가 좋으세요. 편안한 보금자리가 너무너무 예쁘고 기뻐요.

이젠 입주를 했으니까, 우리 자매 건강이와 행복이, 차근차근 소개해 올릴게요. 우리들은 강진에서 태어났어요. 이제 태어난 지 한 달이 넘다 보니까 엄마 곁에 붙어만 있을 수 없잖아요. 새가 자라면 둥지를 떠나듯이 우리들도 떠나야 하잖아요. 엄마를 뒤로하고 떠나왔어요. 마음은 아프지만 어쩔 수가 없잖아요. 엄마가 보고 싶어도 꾹 참아야 해요. 엄마도 우릴 보고 싶겠죠. 울지 않을게요.

씩씩하게 자랄게요.

우리 자매는 행복해요. 인심 좋은 멋진 할아버지, 팔영산 할아버지 댁으로 왔으니까요. 차를 타고 붕붕 고고 씽씽 왔어요. 강진에서요. 청자박물관이 있는 옆 마을에서 팔영산 자락까지요. 제법 멀리 왔어요. 도착하고 보니 팔영산 자락에 공기 냄새가 상큼한 것이 아주 좋았어요. 편백나무 향기, 솔 향기, 풀 냄새도 나고요. 거기는 집들이 다닥다닥 붙어 있어서 안 좋았는데, 선뜻 별로였는데, 여기는 산자락에 집이 한 채만 있어서 딱 좋아요. 숲속이라서 바람 소리 새소리에, 무엇보다도 코로나19도 안전할 것 같아 안심이 되어요.

저희들은 자매인데요.
할아버지가 멋진 이름을 지어 주셨어요.
동생은 행복하라고 행복이, 저는 건강하라고 건강이에요.
건강해야 행복하고, 행복해야 건강하다고요.
가뜩이나 코로나19 시대 건강하고 행복해야지요.
이름이 어때요? 할아버지가 지어 주신 이름이 멋지지 않나요?
저희들뿐만 아니라 지구상에 모든 사람들이
건강하고 행복했으면 좋겠어요.
전쟁도 없는 평화로운 시대였으면 해요.
멋지고 좋으시면, 좋아요. 좋아요. 꾹꾹 눌러 주세요.
수고하신 할아버지를 위해서 파이팅!

팔영산 털보 할아버지가 저희 자매를 손녀로 맞아주셨어요. 공주처럼 키워 주신댔어요. 예쁜 집도 지어 주셔서 오늘 입주했어요. 축하해 주세요. 제발요. 네!

팔영산 할아버지는 함께 놀아 주신다고도 했어요. 진짜 진짜 마음씨 좋은 할아버지예요. 참 저희 자매도요. 마음씨 곱고 씩씩해요. 할아버지 말씀 잘 들을게요. 공부도 잘할게요. 저희 자매, 예쁘게 봐 주세요. 언니는 건강이고요. 동생은 행복이에요. 꼭 기억해 주세요. 저희들도 곧 커다란 어른이 되겠죠. 금방 쑥쑥 자랄 거예요. 깜찍하고 발랄한 숙녀로요. 어디 행복해 보이지 않나요. 저희들은 무엇보다도 행복해요. 받아 준 할아버지가 계시잖아요. 학교도 보내 주시고, 공주처럼요. 예뻐해 주신대요. 할아버지, 쪽!

여러분 어떠세요.

우리 자매 건강이, 행복이 이만 여기서 인사드릴게요.

건강해야 행복해요? 행복해야 건강해요?

가끔 저희 소식 전할게요.

지긋지긋한 코로나19 시대 여러분들도 건강하고 행복하세요.

아프지 마세요.

안녕히 계세요.

220507

어버이날 셀프 잔치!

코로나19 시대, 세 번째 맞이하는 어버이날이지요. 어떤 이는 가족끼리 여행이라도 어떤 이들은 두문불출 한숨만이 난다네요. 실외 노마스크 첫 주말, 징검다리 휴일이지요. 코로나19 종식된 양 신명들 나나 봐요. 신명이 나겠지요.

입하가 지난 초여름 날, 어버이날 전날에 마을회관 스피커가 고래고래 고함을 치며 마을을 뒤흔들어, 요란하지요. 한 사람도 빠짐없이 어서어서 모이라고요. 잔치 잔치 동네잔치, 어버이날 동네잔치, 고래고래 소리 소리를 질렀지요.

어버이날이면 무엇 하나요. 타관 객지 집 떠난, 이집 저집 무정한 자식들은 어미아비 잊었는지 꼴도 보이질 않고, 검둥개만 강중강중 꼬리를 흔들며 잔치 손님 어르신들을 반기지요. 세월을 탓하리오. 자식들을 탓하리오. 남녀노소 이집 저집 너나없이 회관으로 모여들어 잔치 잔치를 셀프 잔치 벌였지요.

이날 저 날 즐거운 잔치 날, 다음 세대 아기들은 보이질 않아요.

팔영산 야인 코로나19 고군분투기

아기들은 어쩐담, 기계처럼 팡팡 찍어 낼 수도 없고, 강제라도 짝 맞추어 팡팡 낳게 할 수도 없고, 돈이라도 팡팡 주고 아기 낳기 의무제도 어떨는지요? 이러지도 저러지도 못할 황당무계한 일이지요.

때마침 불어닥친 유월 일일 지방선거 예비후보 줄줄이 줄을 서서 받아 놓은 잔칫상에 명함을 얹고 머리를 연신 조아리며 한 표 한 표 구걸 구걸을 하네요. 이마가 닿도록 머리를 조아리지요. 지방정부 중앙정부 손을 맞잡고 초지일관 아기 생산, 실효성 있는 정책을 하나라도 그 마음 변치 않기를 바라지요.

너나 나나 주권 행사 두 눈 부릅뜨고 똑 부러지게, 이번만큼 바른 선택 후회 않기를 바라지요. 여차저차 지방발전 어서어서 앞당기고 길이길이 칭송받는 송덕비라도 이름 석 자 세세에 전하시기를 기원할게요.

유권자들이여!
갈팡질팡 왔다갔다 줏대가 없지요.
좌로나 우로나 치우침 없이
본 대로 느낀 대로 확실하게 해야지요.
심지를 굳게 하여 헛손질 안 하시기를 기도할게요.
뽑아 놓고 후회 없기를 바라지요.

오늘만은 거나하게 취기가 오르도록, 올챙이배가 되도록 오지게 먹고 볼 일, 먹고 죽어야 때깔도 곱다지요. 상다리가 휘도록 차려진 만반진수, 아낙들이 차리는 셀프 잔칫상 어서어서 드세나 바지런히 집엔들 이만하리요. 그 누가 반기겠소? 살랑살랑 꼬리치는 검둥개가 최고지요.

사노라니, 장유유서 효친 사상 엿 바꿔 먹었는지요? 봇짐을 메고 야월삼경에 야반도주를 하였는지요? 어디로 갔는지 글쎄올시다요. 오래오래 살고나 볼 일이지요.

젊은이들이여!
때가 되면 늙을 테니 괄시하지 마시길요.
마음이야 항상 청춘이지요.

코로나19 시대 그나저나 비명횡사하지 말고 마르고 닳도록 오래오래 살아 보아요. 비 오는 날 있으면 맑은 날도 있겠지요. 하늘이 도리깨질할 때까지 어찌하겠나 그리 살아야지요. 세월이 그런 걸 어이하리요.

그나저나 젊은이들, 코로나19, 핑곗거리 빌미를 주며 끼리끼리 때는 요 때다 싶지만 세월은 화살 같아서 쏜살같이 지나가지요. 화무십일홍이요. 권불십년 재불십년이라네요. 섬기기에 인색지 말아요. 오던 복도 달아나요. 섬기는 것이 축복이지요.

야속하다. 야속하다. 타관 객지 딸자식들아!
얼굴이라도 볼라치면 툭하면 코로나19 핑계로구나!

조심조심 완전무장, 지혜 있게 정도껏 해라!
가마솥에 소뼈다구, 말뼈다구, 우려내듯이 우려먹지 말거라!
불효부모 사후회라고,
부모님들은 기다리고 기다리다 속히 간단다.
셀프 어버이날이 되어서야, 부모공경이 가장 큰 축복이다.
암 그렇지요.

이장님요. 이만저만 수고하셨습니다. 칠십줄에 접어들어 마을 살림 가정 살림 두 집 살림에 가지 많은 나무에 바람 잘 날 없다고 주름살이 늘어나고 등이 휘시겠소! 이만저만 수고하셨소이다. 잘 먹고 가리이다. 늘 수고에 짝짝! 짝! 박수를 보내지요.

내일부터 심기일전, 마음 한 번 다잡고 허리를 빳빳이 곧추세우고 흥얼흥얼 콧노래를 구성지게, 신명 나게 일하리다.

어버이날 셀프 잔치!
그나저나 감지덕지,
은혜에 감사하며 덕분에 감사하며,
고을마다 마을마다 만만세지요.
대한민국 만만세!
장남마을 만만세!
모두모두 만만세!

북한에서 만연하는 코로나19

철의 장막, 열강들이 그어 놓은 휴전선이 원통하지요. 들려오는 소문이 한민족 북한에서도 몹쓸 코로나19가 기승을 부리며, 만연하고 있다는 소식이지요. 은둔의 땅, 오호담당제 통제 사회에도 불어닥친 코로나19, 신출귀몰이라더니 철벽의 땅에도 혀를 내어 두를 지경이지요. 참으로 가슴 아프지요.

코로나19 난리통에 개미조차도 불허하는, 국경을 꼭꼭 걸어 잠그고 싸매고 싸맨 철통방어에도, 보기 좋게 호기롭게 창호지 구멍 뚫듯이, 끌끌 혀를 찰 노릇이지요.

귀신이 곡할 노릇이라더니 이를 두고 하는 말이겠지요. 과연 깜놀이지요.

창공에 별처럼 하나하나 헤아릴 수조차 없는 도도히 흘러온 유구한 역사 이래 이런 난리는 처음이라며 전면전을 선언하였지만, 팔을 홀홀 걷어붙였지만, 쉬이 볼 일은 아닐 테지요. 코로나19 업어치기 한판으로 이기기에는 역부족이지요. 이제라도 세계와 어깨를 나

란히 하고, 국제사회의 일원으로써 평화를 추구하는 참모습을 기대
하네요. 한 동포로서 국제사회에서 사방팔방으로 이 모양 저 모양
으로 도움을 주려 애써 보지만, 체제 유지를 위하여 보기 좋게 거
절하고 고립을 자초하다니, 인민이 무슨 죄가 있다고 암울하지요.

동포여!
우리는 피를 나눈 형제, 한 겨레 배달의 민족이 아니던가요?
함께 싸우세! 코로나19와 함께 싸우세!
죽기 살기로 일심으로 대동단결 승리를.

겨레여!
우리가 하나 되면 능히 이기리라!
악독 분자 코로나19를
세계만방에 보란 듯이 승리 승리하리라!
코로나19를 기화로 꼭꼭 하나 되어
꿈에도 소원인 통일을 이루자!
통일을!

겨레여!
옛 선인들의 피 끓는 소리가 들리지 아니하는가.
어서어서 통일을 이루자!
통일!

살 놈은 산다, 각자도생이다

어미 닭이 삐약이들을 데리고 화사한 봄날 화전놀이를 나섰지요. 공제선이 보이는 언덕을 오르락내리락, 산을 넘고 다리를 건너고 숲을 지나고 모이를 찾아 드디어 들판에 다다랐을 때지요. 우레와 같이 하늘을 가르는 맹수의 기습공습에 혼비백산 혼쭐이 났지요. 살필 겨를도 없이 줄행랑을 이리 뛰고 저리 뛰고, 머리는 처박고 꽁지는 하늘로 치켜든 채 각자 목숨을 지키기에 절치부심이었지요. 아찔한 분투로 목숨이 경각에 달렸을 때, 이렇게 말했지요.

"위험하다. 각자도생이다."

어미 닭의 명령에도 미처 튀지 못한 막내의 비명 소리가 엄마! 엄마! 메아리쳤지요. 이 와중에 왜 하필이면 재롱둥이 약한 막내가 희생되다니, 죽을 놈은 죽고 살 놈은 산다지만 하필이면 약한 막내가, 산 자는 어떻게든 살아가겠지요. 필경 이 난리 통에도, 전쟁 통에도 살 자는 살지요.

인생도 이와 같지요. 살 놈은 살지요. 선인들이 그랬지요. 세계를 제패하려던 마수, 바다 건너 일본, 그 일본이 일으켰던 태평양 전쟁, 그 전쟁통에도 살 사람은 살았지요. 태평양 한가운데 던져졌지만 살아서 돌아왔지요. 울 아버지도 당숙도 그랬지요. 살 사람은 살지요. 동족상잔의 비극 6·25 동란도 그랬지요. 울 할아버지는 전쟁 물자를 지고 총탄이 빗발치는 북진 행렬에 섰지만, 그 와중에서도 살아 돌아오셨지요. 그리고 구순이 다 되도록 증손자도 보고 돌아가셨지요. 오래만 사셨지요.

코로나19와 맞서서 싸워야지요. 눈으로 볼 수는 없지만. 힘을 내고 용기를 내서, 용기백배 사기충천하여 박살을 내야지요. 하늘이 감동 먹으면 되지요. 반드시 승리할 수 있지요. 인류는 그렇게 살아남았지요. 고비마다 언제나 살아남았지요.

코로나19 걱정 말아요.
환난이 와도 풍파가 와도,
이 와중에도 살 놈은 살아남으니까요.
때가 때인 만큼 처신만은 바로 해야지요.
코로나19를 상대할 묘수만이 필요할 뿐이지요.
담대하게 나아가자!
우리 모두 하나 되어 나아가자!

새 정부가 들어서고 과학방역이라는 기치 아래 각종 지원은 축소되고 자율방역 각자도생하라고 하지요. 코로나19가 빙그레 비웃기라도 하듯이 그래 기회는 이때다. 회심의 미소를, 웃지요. 언 놈은 배 터져 죽고, 언 놈은 배곯아 죽나요? 확진자에게 생계 지원을 끊고 어쩌란 말인가요? 평소 하던 대로 끝까지 할 것이지, 공정 공정 말하더니만 공정은 어디에다 팔아먹고 일찌감치 손들고 나서겠다고, 각자도생 알아서 하라는 식이지요. 별꼴이 반쪽이지요.

과학방역 자율방역이라며 말은 찰떡같이 하고
행동은 개떡같이 한다는 것이지요.
특별히 내세울 것도 없으면서 말이지요.
말은 잘한다. 청산유수같이, 찰떡같이,
어디 말 못하고 죽은 귀신이 씌었는지
한평생 말잔치에 놀아나다가 죽겠다는 것인가요?
정신줄 놓지 말아요.
기가 똥이 차는구나!
그래도 꿋꿋이 살아가야지요!

빼앗긴 들에도 봄은 온다.
살 놈은 산다.
지레 겁먹지 말고 옹골차게 야멸차게 살아가자!
소망을 가지고

장남마을, 칠순 연회가 열리다

어제부터 장남마을 마을회관에는 칠순 잔치 준비에 돌입하였지요. 코로나19 시대라지만 어찌하나요. 그저 마냥 걷힐 날 기다릴 수만은 없지요. 칠순이라는 한세상 살아온 그 세월을 돌이켜 보면, 축하받을 만한 일이 아닌가요? 더욱더 건강하게 오래오래 사시라는 축복도 마다할 수는 없잖아요. 그러기에 아니 칠순을 맞이하는 당사자분들은 노심초사 몇 해를 준비했는지도 모를 일이지요. 훼방꾼 코로나19 훼방질에 미루고 미루어 오다. 급기야 오늘에서야 잔치를 하게 되었으니까요.

불청객 코로나19 썩 물러가라!
어르신들 칠순 잔치에 얼씬도 말아라!
오랜만에 양껏 먹으련다. 코로나19야! 훼방 마라!

며칠 전만 해도 장남마을에는 얄미운 불청객 코로나19가 왔다 갔지요. 보란 듯이 휘젓고 죽을 놈 나오라고 게거품을 물고 고래고 래 악다구니 소리 소리를 지르다 갔지요. 무슨 억하심정, 개살을 피우며 거들먹거리다가 사라졌지요. 무슨 똥배짱으로 무슨 낯짝으 로 천지간에 저 좋다는 사람 아무도 없는데, 유들유들 낯짝도 좋 은 코로나19, 더는 보기 싫다. 제발 꺼져 주라! 속이 후련하도록 물 러서기를 바라지요.

한 사람 한 사람 조심조심, 좌불안석 덤불 속에 앉아 있는 새처 럼, 살얼음판을 걷는 나그네처럼 조심조심해야지요. 다들 의연하 게 대처하므로 큰소리 소리소문 없이 무탈했으니 서로서로 위로하 고 감사할 일이지요. 이리 보아도 저리 보아도 하늘의 은혜이지요. 사람이 어찌, 저 한 몸도 가누기 힘든 인생인데요. 초복을 지난 코 로나19는 방방곡곡 큰소리로 활개를 치고 점점 기승을 부리며 가 파른 상향곡선을 그리고 있지요. 더는 미룰 수 없다고 간절히, 되 짜고 말 짜는 심정으로 준비한 칠순 잔치, 하늘도 환하게 웃고 있 지요. 오랜만의 칠순 잔치 잔치다운 잔치지요.

회관 앞마당에는 천막들이 처지고 탁자며 의자며 하객을 맞이할 준비 완료하고, 별도의 탁자에는 음식이 차려지고 마음껏 양껏 맛 있게 드시라고 뷔페식으로 차려졌지요. 그야말로 산해진미 만찬이 지요.

한 단 높은 파고라 옆에는 칠순을 맞이한 어르신들이 자리하고 탁자 위에는 특별히 준비했을 케이크! 칠순을 맞이한 어르신들을 마주하고 있지요. 덩그러니 앉아 있는 케이크가 칠순 분위기를 돋우고 있지요. 얼마 만인가? 코로나19 이전으로 돌아간 듯이 밀려오는 착각에 이 시간만큼은 구성진 풍악이 빠질 수가 없지요. 신나는 디스코 메들리가 장남마을을 찌렁찌렁 휘몰아치고 있지요. 칠순을 맞이한 어르신들은 축하를 받으며 기쁨이 넘치는 하루였지요. 하객이며 일가 친인척, 딸자식 손자 손녀들 앞에서 지나온 세월이 책장 넘기듯이, 환등기처럼 한 컷 한 컷 추억들이 되살아났으리라!

축하드려요.
하늘만큼, 땅만큼, 우주만큼,
남은 여생 즐겁게, 건강하게 언제나 파이팅!
코로나19와 맞서서 능히 이기셨던 것처럼,
고단했던 녹록지 않은 삶을 강건함으로
세상을 이기셨던 것처럼,
남은 여생도 강건함으로 날마다 즐거운,
웃음꽃이 피어나시길요.
만세 천수를 누리소서!
증손 고손까지도 안아 보시는
만세 천수를

다시 도루묵, 신규확진 십일만 명을

꼬이고 꼬인 실타래를 어디서부터 어떻게 풀어야 할는지, 이젠 만성이 되었는지 코로나19를 백안시하지요. 섣불리 물러설 놈은 아닐 테지만, 여우 꾀듯이 꾀어 썩 물러나도록 해야겠는데, 난감하지요. 이를 어쩌나? 이걸 어찌하나요? 세월은 자꾸자꾸 흐르는데, 세월이 무상하지요. 도와주질 않네요.

코로나19 시대, 세월이 무색하리만치 정치라는 블랙홀, 정쟁 속으로 빨려드는 모양새이지요. 시간이 가면 갈수록 위기감은 약화되고, 우주 밖 별나라에서 일어나는 이야기쯤으로 치부들 하니 낭패가 아닐 수 없지요.

새 정부가 들어서고도 말들이 많지요. 별 뾰족한 수는 없나 봐요. 코로나19 컨트롤 타워 부재라느니, 각자 지켜야 할 자리도 모르는, 똥인지 된장인지 못 가리는, 수준이 의심스럽다고 말들 하지요. 말도 많고 탈도 많으니 이 일을 어찌하리요. 돌이킬 수도 물릴 수도, 난감 그 자체이지요.

강가에 앉아 낚싯대를 드리운 강태공, 다 잡았다가 놓치는 월척처럼, 강가의 아쉬움만이 온통 뇌리를 휘젓고 있지요. 손질만 제대로 했어도, 아쉬움이 드나 봐요. 생각만 해도 울화가 치밀어 오른다고들 말하지요. 속절없이 세월은 흘러가지요.

가자!
저 산 넘어 불확실성을 떨쳐 버리고 미지의 세계로,
아니 예측 가능한 확실한 세계로!
코로나19 발본색원 확실한 꿈을 꾸어 보자!
심기일전 다시 일어서자!
의젓하게.

고을 원님이 코로나19 조심하라고 시도 때도 없이 사흘이 멀다고 매일매일 따르륵따르륵 삑삑 문자가 오지요. 신종 변이(BA.5)의 확산으로 확진자가 급증하고 있다고, 가급적 행사, 모임 자제해 달라고, 하루 확진자가 몇 명이라고 친절하게도 오지요. 생활 속 방역 수칙을 철저히 잘 지켜 줄 것을 당부하는 문자들이지요. 오케이! 모두모두 확실히 접수하여 코로나19 물리쳐야지요.

코로나19 이 밉상은 얼빠진 군상들에게, 할 일 없이 쏘다니는 인간들에게 기생한다지요. 찰거머리처럼 찰싹찰싹 곳곳에 들러붙어 가는 곳곳마다 오만 곳에 씨앗을 퍼뜨려 산야를 불 지른다지요. 코로나19 요지부동이지요. 숙주가 죽을 때까지 물고 늘어진다지요.

대책은 무슨, 무대책이 대책인가요. 과학방역이라고 그게 뭔데요? 별다른 방역도 대책도 없이 이도 저도 용두사미처럼, 그리 잘해서 일갈하고 그랬나요? 회오리바람을 타고 날아드는 소문은 연일 십만 명 이상으로 코로나19 푸드덕푸드덕 날개를 달았다지요. 꼴사납게요.

에둘러 말하지 마라!
잘하면 잘한다. 못 하면 못 한다.
속 시원하게 후련하도록 배설하자!
건강에도 좋으니 뱉고 살자!
코로나19 시대, 시원시원하게 일침을 놓자!
화병이 나지 아니하도록 후련하게 말이다.
승리의 깃발을 높이 들자!

코로나19 빨리나 걸릴 걸

　기왕지사 걸릴 거면 코로나19 빨리나 걸릴 걸, 이 무슨 해괴망측한 소리인가요? 코가 막히고 숨넘어갈 듯, 무슨 코맹맹이 소리인가요? 결국 돈이란 말인가요? 그러면 그렇지요. 돈이 때론 생사를 가늠하지요.

　얘기인즉슨 새 정부 들어 확진자들에게 지급하던 생활보조금이 없어졌다나. 어쨌다나. 코로나19 걸릴 거면 진즉에 걸렸어야지 보조금이라도 받을 것인데, 아쉬움에 한숨만 푸푸 내쉬지요. 하는 짓이라곤 그러면 그렇지 못내 아쉬움만이, 별 거지 같은 말만 궁시렁 궁시렁 하지요.

　어느 인사는 걸려도 쉬쉬하고 일인 특실에 가서 일주야를 입원했다가 아무도 모르게 들락날락했다 하고 쥐도 새도 모르게 감쪽같이 잘 넘어갔다고, 어느 놈을 엿 먹였는지는 모를 일이지만, 으쓱으쓱 돈 자랑질이지요. 참으로 해괴망측하지요. 빈자는 개털이지요. 이참에 일관성 없는 정부에 경고, 옐로카드를 던지지요.

어느 놈은 주고 어느 놈은 안 주냐? 하는 짓이 세 살 먹은 애들도 아니고, 싸그리 뒤집는다고 별 뾰족한 수라도 도긴개긴이다. 입이 있으면 말 좀 하시게! 화장실 갈 때하고 나올 때가 다르다더니 모를 일이지요. 누구 말처럼 가정 가정마다 그사이 살림살이라도 나아졌다는 말인가요?

이 군상들아!
얼마나 손질을 잘했으면 주던 것도 안 주냐?
타격은 누가 입느냐?
부한 자냐 빈한 자냐?
꿈벅꿈벅 미처 모르겠냐?
한눈팔지 말고 정신들 차려라!

정책은 일관성이 있어야지 지도자가 바뀌었다고, 조삼모사 격으로, 이밥 먹고 되 짜고 말 짠 것도 폐기처분, 아침에 다르고 저녁에 달라서야, 낫자루가 빠진 놈들! 낫자루가 빠지면 어떻게 쓸 것이며 어디에 쓸 것인가? 꼬락서니하고는 한심하지요.

지도자가 중하다. 빈자여! 정신 차려라!
한자리 얻을까 개 쏘다니듯 쏘다녀 봤자,
토사구팽 개밥에 도토리, 버려진 개뼈다귀,
안중에도 없으니 찬물이나 마시고 속 차리길,

차지할 놈 따로 있다.

그나저나 코로나19 너땜시 민심이 흉흉하다.

관은 관대로, 민은 민대로, 콩가루 집안이 따로 없다.

그래도 살아야지 조심 또 조심,

소망을.

요양원에 초비상이

하늘도 무심하지, 하늘만 쳐다보네요. 코로나19 인면수심이지요. 마지막 종착역 요양원에서 초비상 난리, 난리가 났다지요. 고약하기 짝이 없는 코로나19 급습에 화들짝 놀라 어찌할 바를 몰라 쉬쉬 난리 났지요.

코로나19 네 이놈!
넌 어미아비도 없더냐?
덤빌 곳에 덤벼야지 힘없는 어르신들에게 웬 행패야!
어서어서 바람같이 사라져라!
보기 좋게 내동댕이치기 전에, 어림없다.
조용히 사라져라!

코로나19는 연로하신 어르신들에게 차가운 겨울비처럼 가야 할 길을 재촉하네요. 물귀신 작전으로 끌고 들어가지 마라! 가는 길

참담하게 하지를 마라! 만고풍상 다 겪고 여지껏 잘 버티어 왔는데, 급작스럽게 달려든 코로나19, 요양사와 어르신들 무참히도 쓰러지네요. 픽 픽 픽 갓 태어난 송아지들처럼 쓰러지네요.

세월아! 너는 어찌 인정머리도 없이 코로나19, 못 본 척 외면하느냐? 매일매일이 좌불안석 살얼음판이다. 꺼질라 한 발 한 발 노심초사다. 요양원에 불청객 코로나19, 본체만체하느냐 야속타 세월아! 어디 말 좀 하기를, 오늘이 어떨는지, 내일이 어떨는지, 연로하신 어르신들 더는 괴롭히질 말고, 빨리 사라지라고 말 좀 하기를, 이렇게 빌어본다. 제발! 이제나저제나 좋은 소식 들려오나, 딸자식들 밤잠을 설치고 그리 갈 수는 없다고 하늘에 애걸복걸 매달려 보았지만 돌아가셨다는 소식에 억장이 무너졌지요. 장례다운 장례도 생략한 채로 북망산천으로 보내 드려야만 했으니 피도 눈물도 없는, 매정한 코로나19지요.

갑작스러운 변고에 딸자식들 목 놓아 울지요.
우리 부모 가시거든,
온 집안에 모든 악귀, 코로나19, 죄다 쓸어 가시라고,
딸자식들, 골골하는 모든 병들 안고 가시라고,
손자 손녀들, 튼튼하고 건강하게 도와주시라고,
좋은 학교, 좋은 직장, 출셋길 열어주시라고

목 놓아 운들 무슨 소용 있겠소만,

와중에도 어리석게, 산자는 살아야 하겠기에
마지막 가는 길에 그저 복 달라고 하지요.
코로나19 없는 곳에서 편히 쉬소서!

220910

추석날, 닭 도둑이 들었어요

기뻐야 할 추석날에 양상군자 닭 도둑이 들었지요. 아무리 코로나19 시대라지만 물자가 흔하고 먹을 것이 흔한 이 시대에 세상에나 뚱딴지 같이 웬 말인가요? 코로나19 시대 꽉꽉한 이 시대에 말이지요.

추석 보름날, 보름달 휘영청 뜨는 초저녁에 하필이면 삼라만상이 잠자리에 들 때, 이미 곤히 잠든 닭들에게 초비상을, 양심도 없는 얼어 죽을 양상군자이지요. 아니 도둑놈이지요.

어렵사리 호호 불며 노심초사 길러 온 닭들이건만
코로나19 이 시대 몰인정하게 도적질이 웬 말이요.
물자 흔하고 먹거리 흔한 이 시대에 닭을 훔쳐 가다니,
돈 몇 푼에 쇠고랑 찰 일, 유분수지,
도살장으로 끌려가는 불도장을 받았나?
양심에 털 났나? 저리도 할 일이 없다더냐?

달 밝은 추석, 마르고 닳도록 반질반질 윤이 나는 고풍스러운 툇마루에서 가족끼리 삼삼오오 빙빙 둘러앉아 골패라도 칠 것이지, 장기, 바둑, 오목이라도 둘 일이지, 마음은 콩밭이라고 닭 도둑질 웬 말이냐?

어찌 피땀 흘린 남의 수고는 아랑곳하지 않고 저 등 따습고 저 배만 부르면 그만이라고, 품삯은 고사하고 사룻값도 안 나오는 이 마당에, 박한 물정에 찬물을 끼얹느냐? 어찌하여 제 것은 애지중지 꼭꼭 숨겨 놓고, 닭 한두 마리에 고귀한 낯짝을 맞바꾸려 하는가? 똥칠 먹칠을 하려는가? 어리석게!

사는 것이 사는 것이 아니야? 무슨 팔자에 재수 옴 붙었는지? 팔자소관이 지엄하신 하늘에 달렸다지만 매사가 이다지 박할 수가 있단 말인가? 될 놈은 떡잎부터 알아보고, 못난 놈은 엉덩이에 뿔 난다더니, 재수 없는 놈은 뒤로 자빠져도 코가 깨진다더라! 세 살 버릇 여든까지 간다더니, 이를 두고 하는 말이겠지요? 인생살이 참 치졸하다.

코로나19 이 판국에도 몰염치한 양상군자가 있으니, 남의 사정 볼 것 없다는 모리배가 아니더냐? 제집 드나들듯이 버젓이 으리으리한 자가용을 세워 놓고 나 여기 있소! 보란 듯이 헤드라이트를 켜고, 머리에는 헤드램프를 켜고 비호같이 덤벼드는 양상군자를 향하여 "뭐야!", "누구야!" 하고 벼락같이 소리를 질렀더니, 잽싸게 차를 몰아 미처 돌리지도 못하고, 외통수 길에 뒷걸음질 주행으로 차를 몰아 줄행랑을 쳤지요. 낭떠러지에 사고라도 날까 붙잡지도 못하고 그 인생 불쌍해서 보고 또 보고 물끄러미 바라만 보았지요.

한두 마리 사 먹으면 될 텐데, 치졸하게 그런 짓을 하다니 다음에는 용서 없다며 되뇌고 되뇌어 보지만 마음만은 저려오네요. 하긴 오죽하면 코로나19 시대, 그랬을까? 아니냐? 아무리 코로나19 시대라도 살 만한 자일 거라며 위안을 하지만, 마음 한구석은 측은지심으로 만감이 교차하며, 생각은 갈팡질팡 가슴은 쿵쾅쿵쾅 방망이질이지요. 쿨하게 용서하다가도 또 오면 어쩌나, 신경이 곤두서지요. 지끈지끈 혈압이 올랐지요. 아이고, 두야!

한편, 급기야 살다 살다 별꼴이 반쪽이라고, 그나마 예쁘게만 보이던 닭들이 골칫덩어리, 짐덩어리, 족쇄처럼 마음이 무거워지지요. 지칠 줄 모르고 오르는 사룟값에 허둥지둥, 생활이 야속하기만 하지요. 일순간 어제만 해도 희망의 돛을 올렸는데, 길러야 하나 말아야 하나 사사망념으로 다 차린 밥상을 엎어야 하나 말아야 하나, 밤새도록 기와집을 골백번도 지었다 부수었다 했지요. 즐거워야 할 추석이 뒤죽박죽 엉망진창이 되었지요. 갈등으로 밤을 하얗게 지새웠지요.

어쩐지 그간에 닭들이 하나둘 야금야금 없어진다 했더니, 내내 삵의 소행으로만 여겼는데, 그뿐만 아니라 이놈의 양상군자 도둑놈의 소행이었지요. 붙잡지 않은 것이 밤새도록 뒤척뒤척 몸서리를 쳤지요. 잡을 수 있었는데 후회막급 가슴을 두드렸지요. 그놈의 차가 뒷걸음질만 안 했어도, 다시는 용서하지 않으리라 다짐하고 맹세를 하건만 무슨 소용이 있으리오. 이미 엎질러진 물이지요.

이젠 단단히 지켜야지.

"잡히기만 잡혀 봐라!"

눈에 쌍심지를 돋우고 번쩍번쩍 쌍라이트를 켜고

심기일전, 다시 한번 용기를 내어 보네요.

시대가 시대인 만큼, 이 또한 애무한 코로나19 탓을 하고,

죽 쑤어 개 주는 팔자이거니, 내 잘못이요.

모질게 자책을 하며 제반사 하나님께 믿고 맡기로 했지요.

주저 없이, 서슴없이.

220927

실외 마스크 전면 해제라지만

괜찮을까? 과연? 괜찮겠지 하는 방심이 화를 부르지요. 아직도 확진자가 삼만 명대를 넘고 있지요. 코로나19 초기에 비하면 우려가 되지요. 혹시나 했더니 역시나? 심히 우려를 금할 수 없지요.

코로나19 서서히 망각 속으로 깊이깊이 수렁에 매몰되어 장렬하게 깨어지는 소리가 들릴 때까지는 방심은 금물이지요. 몇 안 되는 지인들이 코로나19에 노출되어 보기 좋게 당했다는 이야기들이 여기저기서 들려오지요. 감기처럼 가볍게 왔었다는 이야기도 하지만, 감기 이상으로 힘이 들어 고생고생했다는 전언이고 보면 아직까진 방역에 고삐를 느슨하게 풀었다가는 낭패를 볼 수도 있겠지요.

알게 모르게 곳곳에서 코로나19에 된통 걸려 곤혹을 톡톡히 치르고 있다지요. 심지어는 두 번 세 번 걸린 이도 있다지요. 생사를 넘나드는 죽음의 문턱까지 갔다가 구사일생으로 돌아온 이도 있다지요. 애석하게 간혹, 돌아오지 못하는 다리를 건넌 이들도 있다니, 끝까지 방심 말고 정신들 차려야 하겠지요.

더더군다나 올겨울에는 독감도 기승을 부릴 것이라는 소식이고 보면 옥체 보전에 힘을 써야지요. 샴페인을 너무 일찍이 터트리지는 말아야 할 텐데요. 관민이 혼연일체 하나 되어 싸워 이겨야지요. 금수강산 도처도처에서 승리의 나팔 소리가 울려 퍼질 때까지, 학수고대해 보아야지요. 소망을 가지고.

방심은 금물이지요.
설마가 사람 잡지요.
코로나19 되살아나지 않도록 힘을 모아야지요.
긴장감을 놓치지 말아요.
자제할 것은 자제해야지요.

뜻 모아 힘 모아 코로나19 박살 내자!
얼씬도 못 하도록
다시는.

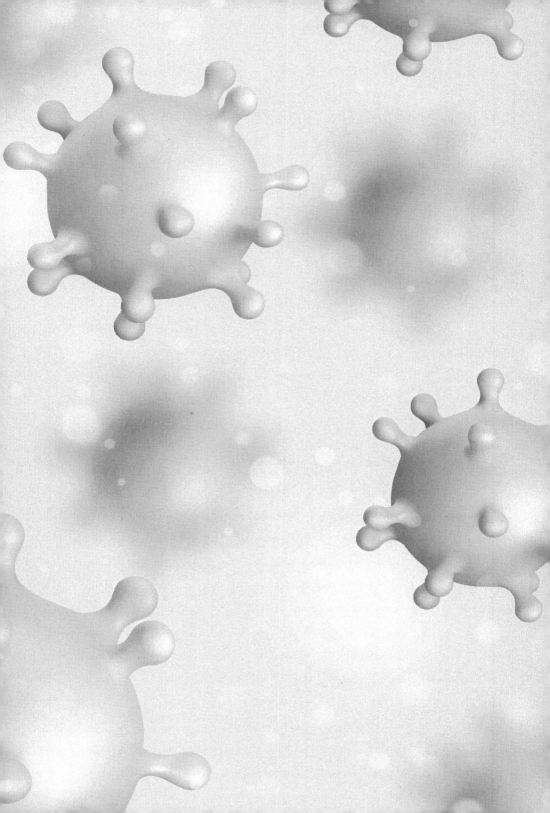

『팔영산 야인 코로나19 고군분투기』를 읽고

남선현 시인(고흥작가회장)

2019년 말부터 현재까지 지구촌을 휩쓸고 있는 세포보다 작은 바이러스 코로나-19가 창궐(pandemic)해 강원도에서 남녘 따뜻하고 정이 넘치는 고흥으로 귀농한 농부 작가의 생활에도 예외 없이 큰 충격으로 다가왔다. 이를 이겨내기 위해 팔영산 자락 장남 골짜기에서 동분서주東奔西走하며, 자연 속에서 개와 닭과 버섯과 함께 농사를 짓고 터전을 일구며 부부가 코로나19와 맞서 치열하고 건강하게 생활하는 일상의 현상을 담담한 필치로 소담스럽게 담은 작품 61편을 당당하게 펼쳐놓고 있다.

작가는 때론 갈등과 연민으로 자신을 다잡는다. 시시때때로 일상에서 겪는 회의와 환멸, 그리고 문제 해결에 대한 애정 어린 비판과 긍정적 사고, 즉 자신에 대한 표현으로 현실을 이겨내기 위한 절대적 가치를 유연한 사고와 글쓰기로 헤쳐나오고 있다. 이것이 인간으로서 행동하는 아름다운 모습이 아니겠는가 싶다. 여기에는 일기체 수필 감성이 설득력을 더한다. 기교나 기술과 역량 또는 필력을 논하기 전, 주관적 상상력을 언어로 표현하며 객관화된 사물에 대한 애정과 생활의 궁핍함을 굳세게 이겨내려는 작가의 의지가 깃들었음을 간과해서는 안 될 것이다.

이제 코로나19도 독감과 같이 풍토병(endemic)으로 인식되어가고 있다. 작가가 자신을 표현하는 건강한 생활 과정의 하나는 정신을 치유하는 글쓰기이다. 그 과정에서 주변의 이야기를 풀어내 함께 공유하며, 소통하는 일상에서 더욱 향상된 자아 발전을 이루길 바란다. 작가의 필명이 백두대감이듯 백두대간을 호령하는 농부 작가로 팔영산 골짜기에서 정신도, 마음도, 경제적 가치도 부富를 이루어 독자께는 공감 능력을 공유하는 작가로 자리하길 응원한다.

이천이십이년 십일월 어느 날
빈독골에서